나의
완벽한
무인도

나의 완벽한 무인도

초판 1쇄 발행 2025년 7월 25일
초판 2쇄 발행 2025년 8월 25일

지은이 박해수
그린이 영서
펴낸이 염종선
기획·편집 박정은·유병록·나예은
디자인 로컬앤드 이재희
조판 박아경
펴낸곳 토닥스토리
등록 1986년 8월 5일 제85호
주소 10881 경기도 파주시 회동길 184
전화 031-955-3333
팩시밀리 영업 031-955-3399 | 편집 031-955-3400
홈페이지 www.changbi.com
전자우편 plan@changbi.com

ⓒ 창비, 영서 2025
ISBN 978-89-364-3984-2 03810

박해수 장편소설

영서 그림

나의 완벽한 무인도

토닥스토리

차례

프롤로그

"뛰자!"

저녁거리를 찾아 섬집 현관문을 열고 길을 나선 참이었다. 집 앞에 묻어둔 항아리에서 김치를 조금 꺼내 다시 집으로 돌아가려다 무심결에 하늘을 본 후, 섬의 꼭대기까지 내처 올랐다. 빨리 뛰어서인지, 노을의 아름다움 때문인지 가슴이 세차게 뛰었다.

밤이 가장 긴 날인 동지를 앞두고 먼바다에서 부는 바람이 섬 전체를 쓰다듬는 것처럼 휘어감고 있었다. 모래밭 쪽으로 파도가 높이 들이치면서 갯바위에 점점이 앉아 쉬고 있던 갈매기들이 일제히 날아올랐다. 파도가 솟구치며 만들어내는 그늘 아래로 갈매기 몇마리가 들어갔다가 나오는 건 언제 봐도 진기한 구경거리였다. 갈매기들을 자신의 흰색 포말 속에 가둬보려 하지만 매번

실패하고 마는 파도는 높이 솟아올랐다가 앞으로 구르며 바위에 부딪치기를 반복하고 있었다.

서쪽의 주홍색 노을과 동쪽의 갈매기 서핑을 번갈아가며 구경하다가 다시 집으로 향했다. 저녁 메뉴는 대구찜. 지난주에 현주 언니가 이 섬을 찾아 함께 저녁식사를 하고 돌아간 뒤부터는 바람과 파도가 거세서 물에 들어가는 건 꿈도 못 꾼다. 앞으로 한동안은 말린 생선들로 끼니를 이어야 한다. 이 섬에 와서 살기 시작한 지 6개월째, 그동안 생선을 낚는 족족 바싹 잘 말려 비축해둔 터라 먹을거리 걱정을 안 하는 것만도 감사하다.

저녁을 먹고는 탁자 위 스탠드 불빛 아래서 하루 일과를 적어둔 수첩을 뒤적여보았다. 올해 5월, 이른 봄에 도문항을 찾았고 그 뒤로는 한달간 현주 언니가 선장으로 있는 영일호에서 뱃일을 배우다가 이 섬에서 살 결심을 했다. 매일같이 그날 잡은 생선들, 캐거나 건진 해초들, 자르거나 주워온 나무들의 숫자를 적어놓은 것도 눈에 띈다. "9월 18일. 낚시 대구 한마리, 통발 참게 세마리, 갯방풍 한바구니." 드문드문 마음속 이야기가 적혀 있기도 하다. "오늘은 불쑥 아빠에게 떡볶이를 사 와 달라고 메시지를 보낼 뻔했다. 허공에 대고 문자를 보내는 시늉으로 마음을 달랬다."

섬에서 산다는 건, 그것도 나 홀로 무인도에서 산다는 것은 본래 살던 방식을 버리는 것과 다름없다. 이 섬에 배를 타고 처음 들어왔을 때는 휴대전화도 있었고 무선 이어폰, 태블릿도 있었다. 하지만 막상 이곳에서 생활한 뒤로는 통신 연결이 되지 않는 휴대전화는 무용지물이었고 이어폰이나 태블릿은 쓸 일이 거의 없어서 어느새 가방 안으로 자리를 옮겼다.

그 대신 나에게는 든든한 후원자가 있다. 도문항의 현주 언니다. 언니는 파도가 쳐서 배를 몰지 못하는 날을 빼고는 매일같이 바다를 나갔다가 귀항하는 길에 이 섬 앞에서 유리거울을 비춰 간단히 안부를 전한다. 섬에 들러서 다정한 메모와 함께 먹을거리를 가져다주기도 한다. 오늘같이 파도가 높아서 섬에 아무도 들를 수 없는 날에는 그 짧은 인사가 얼마나 소중하고 긴요한 소통이었는지를 깨닫는다.

고독은 견디기 어렵다. 즐긴다고 말하는 건 나를 속이는 일이다. 그럼에도 분명한 건, 무인도에서 대부분의 시간 동안 나는 혼자여서 편하고 가끔은 몹시 행복하다는 점이다.

어제는 섬 남쪽 바위구릉에 가서 햇볕을 쬐었다. 바람이 자서 양지바른 언덕에 앉아 있는 것이 푸근하고 좋았다. 잠시 꾸벅 졸며 단꿈을 꾼 듯도 하다. 꿈속에서 나는 바닷속에서 헤엄을 치고 있었는데, 잠결에도 도시에서의 지난 삶이 등장하지 않는 게 참 신기했다. 무인도에서 생계를 꾸리는 데 몰두하다 보니 잡념이 사라진 것일까. 아니면 이제는 무인도의 삶이 내게 딱 알맞아 그 시절의 삶이 그립지 않은 것일까.

1장

초여름의 빛

나 홀로 섬으로

"누구세요? 거기 누구 계세요?"

집 안에서 큰 소리로 외쳐보지만 돌아오는 답은 없었다. 팔뚝에는 어느새 스름이 오소소 돋았다. 떨리는 마음으로 조심스럽게 몸을 일으켰다. 주변이 조용했다. 아닌데, 분명히 누군가 문을 두드렸는데… 덜컹덜컹 문을 잡아당기는 소리가 났는데…

현주 언니가 배를 타고 떠난 시간이 오후 4시. 언니와 헤어지고 가장 먼저 한 일은 섬의 꼭대기에 오른 것이었다. 제법 허리가 굵은 소나무가 몇그루 솟아올라 있었고 그중 하나의 나뭇가지는 내 키보다 조금 더 높은 곳에 뻗어 있었다. 우람한 듯 나를 압도하는 나무 곁에 서서 나무껍질을 쓰다듬듯이 만져보았다. 어쩌면 싹이 나고 뿌리를 내린 이래로 인간의 손길을 처음 느끼는 건 아닐까. 하지만 첫 대면에 놀란 건 오히려 나였다. 매끄러울 줄로만 알았던 소나무 껍질에 손을 대니 험하고 단단했다. 사람의 손길을 많이 탄 나무들만 마주했던 도시 사람이었으니 어련할까.

소나무 아래에는 말라서 땅에 떨어진 솔잎들이 수북이 쌓여 있었다. 땔감으로 쓸 만한 것들이었다. 바짝 마른 솔가리들만을 골라 한아름 들고 내려오니 은은한 솔향이 오후 내내 집 주변을 떠나지 않았다. 그 향기를 느끼며 집을 둘러보고는 문득 이 집의 애칭을 '섬집'이라고 해야겠다고 생각했다. 아침마다 이 섬집을 나서서 해변도 걷고 섬 꼭대기도 올라야겠다고, 혼자서도 이 섬집을 잘 가꾸며 살아야겠다고, 집 앞에서 간단히 목례를 하고 나의 다짐을 속으로 읊었다. 비록 짧긴 했지만 하나의 의식을 치렀다는 생각에 슬그머니 웃음이 새어 나왔다.

그런데 반나절 전의 호기는 온데간데없고 겁쟁이 한 명이 깊은 밤 오들오들 떨고 있었다. 겁에 질려 방 이곳저곳에 놓아둔 촛대마다 불을 켰다. 문득 후회가 밀려왔다. 이 섬에 홀로 살기로 한 건 정말 무모한 선택이었을까.

섬에 들어와 살기로 마음먹고 가장 먼저 한 일은, 그동안 버려진 채로 있던 이 집을 손보는 것이었다. 도문항의 마을분들 사이에 들려오던 이야기 속의 이 집은 일제강점기에 어느 일본인이 별장을 짓겠다며 건축을 하다 중단한 뒤로 버려진 건물이었다. 현주 언니와 함께 섬 앞바다 바위에 가까스로 배를 대고 모래밭에 발을 디디니 소나무 숲 사이로 집 한채가 보일 듯 말 듯 했다. 곧바로 난관에 맞닥뜨렸는데, 집까지 가는 길이 나 있지 않다는 것이었다. 지난 수십년간 누구도 들르지 않은 곳임이 분명했다. 이런 호젓한 곳에 살게 되었다는 흥분도 잠시, 곧장 허리를 굽히고 팔을 뻗어 잡초를 잡아 뜯으며 한발자국씩 나아갔다.

한시간가량 풀과 씨름을 벌이고 나니 언덕 위의 집 앞에 다다랐다. 건물은 의외로 온전한 모양을 갖추고 있었다. 문을 열고 들어서니 선선한 기운이 훅 몰려왔다. 온통 땀범벅인 채로 들어서서인지 한기가 느껴질 정도였다.

이 집과 첫 대면을 했던 순간, 나도 모르게 눈물이 고였다. 마치 한참 동안 산을 오르다가 드디어 정상에 올라 확 트인 아래를 내려다볼 때처럼 작지 않은 감동이 몰려왔다. 하지만 실제론 고작 10여미터 길을 내고 왔을 뿐이지 않나. 갑자기 민망해져서 눈을 몇번 깜빡였더니 눈물이 쏙 들어갔다. 현주 언니가 집 뒤쪽에서 나를 부르는 소리가 들렸다.

"지안아!"

"네, 언니!"

혹여라도 언니가 눈치를 챌까 얼른 눈가를 훔쳤다.

"오늘은 여기까지만 하고 다음에 다시 오자."

"그럴까요?"

이 집과 처음 대면한 날에는 바로 섬을 떠났다. 그러고는 언니와 함께 몇번 더 섬에 다녀갔고, 마지막으로 현주 언니의 배를 가득 채워 싣고 세번이나 항구를 오가며 필요한 물건들을 옮겼다. 둘이서 배에 싣는 것도 일이었는데, 그걸 섬에 내리는 것은 더더욱 만만치 않았다. 다행히 언니가 미리 날씨를 살펴 파도가 잔잔한 날을 골랐기에 짐을 해변에 옮길 때도 물 한번 묻지 않았다. 다만 갯바위와 모래밭, 계단도 없는 흙길을 걸어 짐을 옮기는 일은 만만치 않았다. 숙소 앞까지 짐을 옮기니 시간이 어느새 정오가 되었다. 새벽녘에 항구를 나선 걸 따지면 근 여섯시간이 걸렸다. 미리 싸온 주먹밥으로 간단히 식사를 했다.

"자, 이제 뭐부터 할까. 지안이 너한테는 어느 공간이 가장 중요해? 거기부터 차근차근 정리해보자."

현주 언니가 말을 꺼냈다. 그러자 번뜩 내가 가장 중요하게 생각하는 아침의 습관이 떠올랐다. 그것은 바로 그릇 정리였다.

"언니, 제가 아침에 일어나자마자 하는 일이 그릇 정리거든요."

“뭐? 뭐라고?”

“그릇 정리요. 엄마랑 살 때도, 혼자 살 때도 식기건조대의 그릇들을 마른 수건으로 한번 더 닦아 각자의 자리를 찾아주는 걸 가장 먼저 했어요.”

언니는 어수선한 상황에서 내가 진지한 어투로 내뱉는 엉뚱한 이야기가 흥미롭다는 듯 슬며시 웃음을 지었다.

“무인도에서, 그것도 아직 짐도 풀지 않은 상태에서, 우아하게 그릇 정리하는 이야길 들으니 난감하긴 한데… 그럼 일단 그릇을 올려놓을 선반을 설치해보자.”

언니의 지휘 아래 우리 둘은 묵묵히 나무를 자르고 건물 벽을 뚫어 선반을 만들었다. 조금은 허술해 보였지만, 책상을 겸한 식탁도 벽에 붙여 세워놓았다. 곧이어 가방에서 식기, 주방용품을 꺼내 크기별로 선반과 식탁 위에 올려놓았다. 활짝 열어놓은 창문으로 선선한 바람이 들어왔다. 섬의 숲에서 불어온 솔향이 방 안을 가득 채웠다.

"언니, 우리 커피 한잔할까요?"

여유 부릴 때가 아님을 알고는 있었지만, 그래도 현주 언니에게는 내 커피 실력을 보여주고 싶었다. 언니와 이렇게 도란도란 이야기 나눌 시간도 따져보면 그리 많지 않을 듯했다. 곧장 커피 원두를 꺼내 그라인더로 갈기 시작했다. 언니는 어리둥절한 표정이었지만 내 마음을 알아챘는지 버너에 물을 올렸다. 드리퍼에 여과지를 올리고 커피 가루를 붓고는 그 위에 주전자 주둥이를 갖다댔다.

물을 흩뿌리듯 조금씩 부어서 숨을 죽였다. 그 뒤로는 뜨거운 물을 졸졸 부어가면서 커피를 내렸다. 아직은 서늘한 듯, 그러나 온기가 있는 바람이 스르륵 불어오는 공간 안으로 커피 향이 조금씩 퍼졌다. 내 마음도 따뜻한 기운으로 차오르는 듯했다. 언니가 이제는 뭔가 납득이 간다는 얼굴로 나를 바라보겨 입을 열었다.

"향이 참 좋다."

"그쵸, 언니. 저는 그릇을 정리하고 나면 꼭 이렇게

커피를 마시면서 하루를 시작했어요.”

섬에서도 이렇게 매일 하루를 시작할 수 있을까. 어떻게든 나만의 방식은 유지하겠다고 스스로 다짐했더랬다. 그랬는데…

엄청난 사실을 간과했다는 걸 뒤늦게 깨달았다. 매번 이른 시간에 마을로 돌아갔기 때문에, 캄캄한 밤을 맞이해본 적이 없었던 것이다. 얼마간 쿵쾅거리는 심장박동을 그대로 느낄 수밖에 없었다. 그런데 촛불을 가만히 바라보며 앉아 있자니 점차 이곳에는 나를 해칠 존재가 아무것도 없다는 사실이 또렷이 떠올랐다. 누군가 배를 타고 들어올 만한 섬이 아니다. 맹수가 살고 있는 섬도 아니다. 그 새삼스러운 사실을 깨닫고는 다시 촛불 쪽으로 다가가 후— 후— 하나씩 꺼버렸다. 그러고는 어둠 속에서 심호흡을 하며 주위에서 나는 소리에 집중해보았다.

가만히 앉아서, 문을 두드리는 소리의 진원을 찾다 보니 창문 중 하나가 제대로 닫히지 않은 것이 보였다. 바람이 불 적마다 덜컹거리며 조용한 섬집의 정적을 깨트렸던 것이다. 파도가 잔잔한 날이었기에 가끔씩만 바람이 들이쳤는데 그것이 오히려 더 낯선 이의 방문 같았던 모양이다. 휴우, 나는 한편으로는 안도하면서 다른 한편으로는 기가 찼다. 뒷목이 뻣뻣해질 정도로 잔뜩 겁먹었던 내 모습이 스쳐 지나갔다. 육지에서 살 때는 누구보다 겁이 없다고 자부했는데, 섬에 들어온 첫날부터 곧바로 겁쟁이가 되어버리다니. 섬도 낯설고 나도 낯설게 느껴진 밤이었다.

문어의 맛

아침부터 날이 후텁지근했다. 아직 한여름이 되려면 먼 것 같은데, 어쩐지 올해 더위가 만만치 않을 것 같았다. 일찍 집 주변을 정리하고 아침 겸 점심을 먹었다. 바깥일 대신 오랜만에 물질을 해야지 싶었다.

그물주머니와 접이식 칼을 두개 챙겼다. 하나는 바지 주머니 속에, 다른 하나는 허리에 찬 벨트에 찔러 넣었다. 목적지는 잘피 숲. 잘피는 바닷물에 완전히 잠겨서 자라는 풀인데, 나도 이것들이 길게 자라 숲을 이룬다는 건 섬에 와서 처음 알았다. 지난번에 물 위로 나오다 잘피 덤불에 발이 엉켜 고생했던 적이 있어 이번에는 칼을 넉넉히 챙겼다. 오늘 그럴 일은 없겠지, 하며 슬쩍 칼 손잡이를 쥐었다.

물질 전 필수 준비. 땡볕 아래에서 모래밭을 두어바

퀴 뛰었다. 발이 푹푹 꺼지는 통에 속도는 많이 나지 않았지만, 운동 삼아 쉬지 않고 달렸다. 한바퀴도 채 돌지 않았는데 땀이 송골송골 맺혔다. 호흡을 내뱉는 게 쉽지 않다고 느낄 즈음 바닷속에서도 숨이 차지는 않겠다 싶었다. 물에 들어갈 일단 남았다.

바닷물이 찼다. 신기하게도 처음 발을 담글 때는 몸이 움찔할 정도로 차가운데 찰나의 순간만 지나면 언제 그랬나 싶게 수온과 나의 체온이 비슷하게 맞춰진다. 내 몸의 온도가 낮아지는 것일까, 아니면 서로의 온도는 판이한데 그저 익숙해지는 것일까. 잡념은 딱 여기까지. 깊은 물로 들어가야 하니 마음을 다잡았다.

수면에서 5미터 넘도록 깊이 들어가려면 몸을 물구나무서기 자세로 꼿꼿이 세워야 한다. 해수면에서 크게 숨을 한번 들이마신 다음 곧바로 고개를 숙이면서 힘있게 몸을 비튼다. 몸이 완전히 거꾸로 세워졌다 싶으면 양팔을 쭉 뻗어 아래로, 아래로 향한다. 손끝으로 찬 기운이 세게 느껴지면 그곳이 곧 깊은 물속이다.

눈앞에 잘피 숲이 보였다. 어떻게 저런 푸른 숲이 바닷속에 있을까. 볼 때마다 경이롭다. 바깥은 여름의 시작인데, 물속은 이제 막 봄이 되었는지 몇몇 잘피 줄기에 꽃이 피어 있었다. 잘피 잎들이 물결을 따라 조금씩 흔들렸다. 먼 곳에서 몰려온 물고기, 새우, 문어가 저 안에서 잠시 쉬고 있으리라. 나는 조금씩 잘피 쪽으로 다가갔다.

넘실거리는 잘피 앞에서 성게 예닐곱마리가 서성였다. 성게들은 본래 그들이 그러듯이 물살에 밀려 조금씩 구르다가 바위 사이에 모여들었다. 나는 그중에서 두 마리를 주워 그물주머니에 넣었다. 바위 옆을 더듬어보니 전복과 섭이 다닥다닥 붙어 있었다. 숨이 차는 듯했다. 이 녀석들은 조금 이따 다시 내려와 캐자고 생각하며 물 위로 올라가려는 찰나, 잘피 숲속에서 뭔가가 반짝하며 눈에 띄었다. 뭐지? 일단은 급한 마음에 발을 차며 위로 향했다.

물 위로 고개를 내밀고는 숨을 골랐다. 고개가 갸웃해졌다. 아까 그게 뭐였을까. 모양이 물고기 같지는 않았는데… 이번에는 곧장 잘피 숲으로 들어가보자 마음먹고 다시 한번 몸을 거꾸로 세워서 들어갔다. 길게 뻗은 풀을 헤치며 숲 안쪽으로 기어갔다. 풀이 몹시 무성한 곳은 무서워서 들어갈 수 없었다. 듬성듬성 자라 길이 나 있는 곳만 골라서 들어가야지 생각하면서 바닥을 더듬는데 내 앞으로 뭔가가 쏜살같이 지나갔다. 미지의 존재가 사라진 수풀 속을 보니, 무엇인가 다시 반짝였다.

"문어다!"

말하며 나도 모르게 입을 벌렸다. 내 입속에서 나온 공기 방울이 시야를 가렸다. 문어도 나를 본 듯, 움직이지 않고 가만히 있었다. 마트의 수산물 코너에서만 보았던 문어를, 그것도 생생히 움직이는 것을 만나다니! 하지만 더 들떴다가는 그 녀석이 금세 도망치고 말 게 분명했다. 나는 천천히 허리춤의 칼을 찾아 손을 뻗었다. 문어가 눈치채지 못하게 표정은 최대한 태평한 얼굴을 지어 보였다. 과연 내 위장술이 통했는지 그때까지도 문어는 가만히 숨을 고르고 있었다.

칼을 손에 쥔 채 허리에 딱 붙이고는 살금살금 앞으로 나아갔다. 다른 손으로는 잘피 숲을, 마치 내 머리칼을 빗어넘기듯이 쓸었다. 문어는 물결에 이리저리 흔들리면서도 그 자리에서 나를 가만히 바라보았다. 눈을 떴다 감았다 하는데 그 시선은 분명히 나를 향하고 있었다. 위에서 내리쬐는 빛이 문어의 망막을 반짝였다. 몸통으로 바닷물을 들이마셨다가 내뱉는 것인지, 그저 숨을 고르고 있는지는 알 수 없었다. 한발짝 더 나아갔다가는 문어가 먹물을 뿜고 도망갈지도 모를 일이었다.

문어는 수십개의 빨판을 달고 있는 다리들을 쭉 뻗은 채였는데, 다리들이 하나같이 포동포동 살이 올라 있었다. 나는 경계심을 풀기 위해 왼손 손가락을 하나씩 펼치며 문어를 흉내 냈다. 어때? 너랑 좀 비슷한 것 같지 않니? 문어는 잠자코 내가 하는 모습을 바라보았다.

무릎을 바닥에 대고 좀 더 앞으로 다가가려는 찰나, 조개 껍데기에 긁혔는지 날카로운 아픔이 느껴졌다. 투명한 물에 붉은 피가 스륵 번졌다. 문어 쪽으로 뻗고 있던 손을 다시 가져와 무릎 의 상처를 더듬어 만져보려는데, 문어가 슬그머니 내게 다가왔다. 그러고는 무방비 상태의 나에게 자신의 발을 뻗어 내 얼굴을 살짝, 부드럽게 어루만져주었다.

아마도 1, 2초 정도였을까. 나는 고민했다. 칼을 든 오른손을 본래의 계획대로 빠르게 뻗어서 문어를 찔러야 할까. 아니면 아무것도 들지 않은 왼손으로 문어와 인사를 나눠야 할까.

생각이 길어지려는 그때 둔어가 내 얼굴을 감아쥐려는 것처럼 다른 팔들을 뻗기 시작했다. 이건 분명히 나와 장난을 치려는 것이었다. 다시금 내 안에서 급박한 목소리가 들려왔다. 찔러야 해.

오른손에 쥔 칼을 다시 허리 벨트에 꽂아 넣었다. 그러고는 잠시 허둥대다가 그물주머니에 있던 성게 하나를 꺼내 문어 앞에 가져다놓았다. 마치 우정의 증표를 남겨두듯이.

물 위로 올라가 숨을 쉬어야 했다. 문어의 다리를 잡

아 내 얼굴에서 살짝 떼어내고는 발을 굴러 위로 향했다. "아!" 물 위로 나오자마자 숨을 들이마신 뒤 곧장 탄성을 내뱉었다. 의미를 알 수 없는, 그저 호흡하듯 크게 뱉어낸 소리였다. 문어를 눈앞에서 놓쳐 아까운 건지, 문어랑 더 놀지 못해 아쉬운 건지 알 수 없었다.

그 뒤로도 그날의 일을 종종 떠올리지만 내가 왜 그 자리에서 몸이 굳었는지, 왜 허리춤의 칼을 다시 고이 꽂았는지는 여전히 아리송하다. 분명한 것은, 그다음부터는 문어를 입에 대지 못했다는 것이다. 현주 언니에게는 앞으로 먹을거리를 보낼 때 문어는 넣지 말아달라고 했다. 다른 생선들은 편히 먹으면서도 그 생물에만 손을 대지 못하는 걸 보면 누군가는 혀를 찰 수도 있을 것이다. 하지만 내게는 너무도 생생한 일이었기에 나는 이 결심을 그대로 유지해가기로 마음먹었다. 정말 아무도 믿지 않을 것도 같지만, 그때 문어가 자신의 팔을 뻗어 나를 어루만져주었던 것은 이곳 섬에 와서 처음 겪는 '교감'이었기에.

솝, 솝, 솝, 솝, 삐융, 삐융

누군가 내게 모래 밟는 소리가 무엇이냐고 물어보면 나는 '솝, 솝, 솝, 솝'이라고 대답할 것이다. 나는 그 소리를 밤에 모래밭을 걸으며 들었다. 낮에는 이렇게까지 크게 들리지 않았는데 왜 밤에는 유독 잘 들릴까. 낮엔 귀를 간지럽히는 햇볕 탓에 이 소리가 들리지 않은 것일까. 아니면 갈매기들이 쉴 새 없이 떠드는 통에 못 들은 것일까.

밤에 모래밭을 걷는 건 처음이었다. 아니, 섬에 살면서 이렇게 야심한 시간에 뭔가를 한 적이 없기도 했다. 낮에 물질을 하고 나왔다가 노곤해져서 저녁을 먹자마자 잠이 들었다. 문득 깨보니 밤 11시가 다 되었는데 갈수록 눈은 말똥해지고 정신이 맑아졌다. 뭐라도 해야겠다는 생각에 문밖을 나섰지만 사실 할 일이라곤 없었다.

그래서 물가 근처를 걸었고, 거기서 모래를 밟는 내 발자국 소리를 들었던 것이다.

아마도 파도가 치지 않아서인 듯도 했다. 달도 뜨지 않은 밤이어서 주위가 어두운데 파도 소리까지 잔잔하니 그저 내가 움직이는 만큼만 소리가 났다.

신기했다. 도시에 살 때는 무엇인가 한가지에 집중하려고 그렇게 애를 썼지만 결국에는 산만해지기 마련이었는데, 여기서는 따로 노력하지 않아도 나의 소리에만 집중할 수 있었다. 조금은 거친 듯한 돌 부스러기들이 내는 소리를 듣는 내내 내가 이 세상에서 차지하는 비중이 이만큼이구나 실감했다.

가만히 눈을 감아보았다. 내가 잠자코 있으니 이제는 정말 아무 소리도 들리지 않는 듯했다. 잠깐씩 파도가 작게 일렁이는 소리만이 귓가에 들릴락 말락 했다. 오랜만에 느끼는 아늑함이 좋았다. 그 침묵을 천천히 음미해보려는 찰나, 지금 상황과 전혀 어울리지 않는 소리가 들려왔다.

삐용.

거짓 하나 보태지 않고 그 늦은 밤 무인도에서 오락실 소리가 났다. 감고 있던 눈을 뜨고 소리가 나는 곳이 어디인지 휘휘 둘러보았다. 멀리서 삐용, 가까이서 삐용. 가만히 소리를 따라가보니 깜깜한 밤하늘에 새의 윤곽이 도드라졌다. 새가 밤에도 날다니, 신기한 일이네. 나는 발걸음을 돌려 집으로 향했다. 뒤에서는 계속 그 새가 우는 것인지, 몇번이고 소리가 연이어졌다.

다음 날 아침, 평소와 다를 바 없이 북쪽 바위 선착장에 다녀오다가 모래밭에서 잠시 걸음을 멈췄다. 내 기억에 위쪽 숲 근처에서 새가 울었던 것 같았다. 현주 언니가 선착장으로 가져다준 먹을거리를 그 자리에 부려놓고는 그쪽으로 가보기로 했다. 아니나 다를까, 내가 가까이 가자 간밤의 그 소리가 다시 선명하게 들려왔다.

삐용, 삐용!

지난밤보다 더욱 큰 소리를 내며 새 한마리가 날렵하게 내 주위를 날았다. 언뜻 보니 하늘을 나는 모양이 제비의 비행을 닮은 듯도 했다. 도망가지 않고 주변을 빙글빙글 돌고 있어서 계속 바라보다 보니 제비 특유의 연미복 모양 꽁지깃은 아니었다. 어떤 새일까 궁금해하는 때에 그 새가 아예 내 앞으로 날아왔다.

부드럽게 착지한 그 새는 얼마나 발걸음이 잰지 가느다란 다리가 쉴 새 없이 움직였다. 내 앞길을 막으며 왼쪽 물가 쪽으로 총총걸음을 치는 그 행동이 그저 귀여워 보였다. 인사라도 하보자 싶어 가까이 다가가면 재빨리 발걸음을 옮겼다. 새는 나와 어느 정도의 거리를 유지했다. 나는 어느새 파도의 코앞까지 걸어왔다. 더 이상 따라갔다가는 물속으로 들어갈 참이었다.

"야, 삐용. 인사나 하고 지내자. 앞으로 종종 볼 것 같은데…"

내 말을 들을 생각은 전혀 없다는 듯 새는 다시 곁에서 멀어졌다. 그리고 저 멀리, 다시 숲 앞의 모래 언덕에서 날개를 거두고 가냘픈 다리를 꼿꼿이 세웠다. 그 모습을 지켜보고 있자니 나를 더 이상 경계하지 않는 듯

혹은 딴청을 피우듯 고개를 다른 쪽으로 돌렸다. 그러고는 그 자리에 그대로 주저앉았다.

그렇게 작은 새가 모래밭에 앉는 건 처음 보았다. 집에서 망원경을 챙겨서 나올걸. 아니면 새 도감이라도… 멀리서 맨눈으로 새를 바라보며 어떻게 생겼는지, 지금 뭐 하고 있는지를 식별하려니 쉽지 않았다.

불쑥, 이 새가 나를 둥지에 가까이 오지 못하게 하려고 이러는 게 아닐까 하는 생각이 들었다. 새끼를 지키기 위해 일부러 다리를 저는 것처럼 행동하는 새가 있다고 하던데, 이 새도 그런 걸까?

"너, 내가 싫은 건 아니구나? 그렇지? 그냥 네 둥지를 들킬까 봐 그러는 거지?"

아무래도 얼른 자리를 피해주는 게 좋을 것 같았다. 일단은 왔던 길로 다시 돌아가려고 등을 돌렸다. 그리고 한걸음을 내디디려는 순간, 아차차! 발아래에서 무엇인가를 발견했다. 손가락 한마디만 한 새알들이 모래와 자갈 사이에 덩그러니 놓여 있었다. 점점이 박힌 검정색

점과 희뿌연 바탕색 탓에 유심히 보지 않는다면 알아차리기 쉽지 않을 듯했다. 내가 미처 발견하지 못하고 밟았으면 어찌 되었을까 싶어 가슴이 덜컹했다.

방금까지 내 옆에서 쉴 새 없이 울음소리를 내던 새는 지레짐작으로 포기했는지 말이 없었다. 나는 사방이 조용한 모래밭에 앉아 그 알을 가만히 지켜보았다. 탁한 잿빛인지 연갈색인지 오묘한 빛깔을 가진 동그랗고 작은 것들에는 크고 작은 얼룩 반점들이 찍혀 있었다. 이렇게 모래밭 색깔을 갖고 있어서 내가 그동안 한번도 못 봤구나. 그러다 어젯밤 내가 무심결에 이 알들 근처로 다가오는 걸 보고는 어미새가 자다 말고 벌떡 일어나 울어댔던 것이구나. 나는 조금은 미안해져서 엉덩이를 털고 일어났다.

집으로 돌아와서는 부랴부랴 도감을 펼쳐서 삐용 새를 찾아보았다. 꼬마물떼새. 흰 바탕 얼굴에 검은 띠가 두줄. 눈언저리는 등색이고 다리는 노란색. 맞다, 내가 본 새가 이 새다. 눈 주변에 누런색으로 테두리가 있고 가느다란 다리로 뛰어다니는 작은 새. 봄과 가을에만 우리나라에 들르는 나그네새라고 하는데, 그렇다면 저 연약한 새가 자신보다 작고 가냘픈 아기를 데리고 수천수만 킬로미터를 날아다닌다는 건가.

문을 열고 나가서는 꼬마물떼새가 앉아 있던 모래 언덕을 바라보았다. 망원경을 들고 찾아보니 새는 아까 그 자리에서 그대로 알을 품고 있었다. 그늘도 없는 땡볕 아래 모래밭에서 가만히 앉아 있는 새의 모습을 그저 한참 동안 바라보았다. 그러다가 문득, 지난밤 암흑의 모래밭에서 들었던 소리들을 내 입으로 흉내내보았다. 숩, 숩, 숩, 숩. 저 새의 목소리도 덧붙였다. 삐용, 삐용. 몇번씩 더 입으로 그 소리들을 만들면서 생각했다. 어쩌면 나는 고독이 무엇인지를 알 것만도 같다고.

이곳 무인도에 첫발을 내디뎠을 때 나는 고독은 아무 소리가 없는 상태라고, 내가 만들어내는 소리 말고는 그 어떤 소리도 들리지 않는 상태가 아닐까 짐작했다. 하지만 그렇지 않았다. 고독의 소리는 모래들이 사각이는 소리, 꼬마물떼새가 내는 소리, 쉼 없이 치는 파도 소리다. 결국 삶이란 수많은 소음 속에서 사는 것이라고, 내 앞에 펼쳐진 풍경들이 이야기해주고 있었다.

비 오면 비 오는 대로

밤사이 구름이 많이 내려앉았다. 엊저녁까지만 해도 더위가 가시지 않아서 벌써 열대야가 오려나 걱정했는데, 아침에 일어나서 창문을 여니 선선한 바람이 불쑥 들어왔다. 아침 산책을 하며 섬의 꼭대기에 올라갔을 땐 저 멀리 먹구름이 꽤 두껍게 뭉쳐지고 있었다.

아니나 다를까, 집에 돌아와 수돗가에서 삽을 닦고 있는데 우르르 쾅 천둥소리가 났다. 그러고는 얼마 지나지 않아 쏴— 쏴— 빗줄기가 온 사방을 두들겼다. 아차, 집 앞 나무에 걸어둔 잠수 슈트가 생각났다. 얼른 나가서 어깨에 둘러메고는 다시 뛰어 들어왔다. 슈트가 꽤 젖었다. 이제 막 물질 좀 하고 오려고 했는데… 창가에 서서 바다 쪽을 바라보니 다행히 파도는 전혀 미동도 없었다. 오늘은 그냥 잠수복 없이 물속을 들어가보자, 그 대신 오래 머물지 말고 짧게 다녀와야지. 혼잣말을 중얼거리며 주머니칼만 챙겨 밖으로 나섰다.

빗줄기가 더욱 거세졌다. 우산이랑 모자를 챙길까 하다가 주머니 속에 칼이 있는지만 다시 확인하고 바다 쪽으로 걸었다. 그러그 보니 이렇게 내처 비를 맞으며 걷는 건 살면서 처음인 것 같았다. 이 소낙비를 그저 수영장에 들어가기 전에 물을 끼얹는 것으로 생각하기로 했다. 어차피 곧 이 상태로 물에 들어갔다가 집에 가서 씻으면 그만이니까.

저벅저벅, 비 오는 모래밭을 걸으니 한껏 축축해진 모래가 발가락 사이사이로 들어왔다. 어느 비 오는 아침, 전철역에서 내려 잔뜩 웅크린 채 우산을 쓰고 종종걸음을 걷던 내가 떠올랐다. 한방울 튀는 것도 싫던 비를 이렇게 쉴 새 없이 맞으며 걷고 있다니… 지금의 내 모습이 낯설기도 하고 뿌듯하기도 했다.

파도 앞에서 잠깐 멈춰 섰다. 바다는 잔잔하고 그 위로 빗줄기들이 세차게 내렸다. 수 킬로미터 상공에서 쏟아져 제각기 흩어져 내리는 빗방울 때문에 바다는 온통 첨벙 소리로 가득했다. 그 어수선한 속을 거슬러 나아가 다가 파도가 허리께까지 올라온 때에 몸을 구부려 머리를 물살로 들이밀었다. 그 순간, 수많은 소음이 단번에 사라졌다. 바닷물이 귀마개가 된 것 같았다.

잠수를 하고 3미터쯤 내려가 바닥에 놓인 바위를 찍 자마자 곧장 몸을 거꾸로 돌려 위를 올려다봤다. 그전부 터 무척 궁금했던 것이 있었다. 비가 오는 날 바닷속에 서 물 바깥을 바라보면 어떤 모습일지. 맑은 날이라면 파도의 결에 맞게 햇살이 튕기며 군데군데 쨍하게 밝은 빛이 번질 텐데, 비가 오는 날이라 달랐다. 초등학교 앞 분식점에서 핫도그가 튀겨지길 기다리며 멍하니 바라 보던 기름 같았다. 온통 사방이 보글보글 들끓었다.

첫번째 잠수에서는 넋을 놓고 물 표면의 장관을 바라 보느라 아무것도 잡지 못했다. 잠시 모래밭에서 쉬었다 가 다시 물속으로 들어가 수초 속을 뒤지는데 뭐 하나 눈에 들어오지 않았다. 성게와 전복은 저 바깥의 소동을 피하려 좀 더 깊은 바다 쪽으로 몸을 옮긴 모양이었다. 섭만 몇개 캐서 주머니에 넣고 물 밖으로 나왔다.

털썩, 모래밭에 주저앉고 나서도 몸이 여전히 물속에 있는 것 같았다. 왠지 내가 바다에 한발 더 내디딘 느낌, 바다라는 거대한 품 안에서 잠시 나도 바다가 되었다가 다시 나로 돌아온 느낌이 들었다. 한달 전쯤, 도문항의 정화 언니와 함께 처음으로 물질을 하고 나서 내가 바다와 조금 더 친해졌다고 생각했는데, 지금은 어쩐지 바닷물에 흠뻑 적셔진 듯한, 바다가 내게 많이 스며든 듯한 느낌이 들었다. 깨달음이 들이닥치면 이런 기분일까, 알쏭달쏭했다.

모래밭에서 얼마나 앉아 있었던 걸까. 얼른 몸을 일으켜 집으로 향했다. 집에 와서 보니 반찬이 똑 떨어졌다. 남은 건 시들어가는 채소들과 쌀뿐이었다. 이럴 때 쓰려고 구석에 뜯지 않고 둔 상자가 있다. 부엌 쪽으로 옮기려니 묵직해서 잘 움직여지지 않았다. 더 잡아당기지 못하고 그 자리에서 상자 날개를 하나씩 펼쳐보았다. 간장이 담긴 병들이 무수히 놓여 있었다. 병들 사이사이에는 깨지지 말라고 끼워둔 김 봉투가 대여섯묶음이었다.

내가 미리 챙겨둔 것임에도 괜히 들떴다. 나도 모르게 탄성을 외치며 병들을 하나씩 꺼냈다. 병마다 깻잎, 가지, 무 등등 이름표가 붙어 있었다. 모두 알차게 꽉꽉 담아놓았다. 지누아리, 갯방풍은 그게 뭔지도 모르고 일단은 간장을 부어놓은 것들이다. 거기에다 전복, 오징어까지… 나머지 병들에는 그저 간장이라고만 쓰여 있었다. 그 말인즉슨 앞으로 이 간장들을 들이부어 직접 하나씩 장아찌를 만들어야 한다는 것이다.

섬에서 언젠가 반찬이 동날 것을 대비해 장아찌를 미리 챙겨 넣은 나 자신이 참 대견스러웠다. 일단 오늘 첫 끼니부터 해결해야지. 줄지어 있는 반찬들을 보자 잊고 있던 허기가 몰려왔다. 냄비에 쌀을 적당히 부어 안쳐둔 후 가장 먹음직스러워 보이는 전복 장조림을 꺼냈다. 밥이 다 되기를 기다리기가 쉽지 않았다. 병뚜껑을 돌려 맨 위에 있는 전복 한점을 집어 입에 넣었다. 짭조름한 감칠맛에 전복의 탱탱하고 쫄깃한 식감까지. 혀 한쪽이 저릿할 정도로 강렬했다.

밥을 먹고 난 뒤 설거지를 하면서 앞으로 매일 채집하고 수확한 일지를 적어보자고 다짐했다. 일종의 가계부 같은 것이다. 손의 굴기를 닦자마자 가방을 뒤져 다이어리를 꺼내 수확량을 적어보았다. "섭 일곱개."

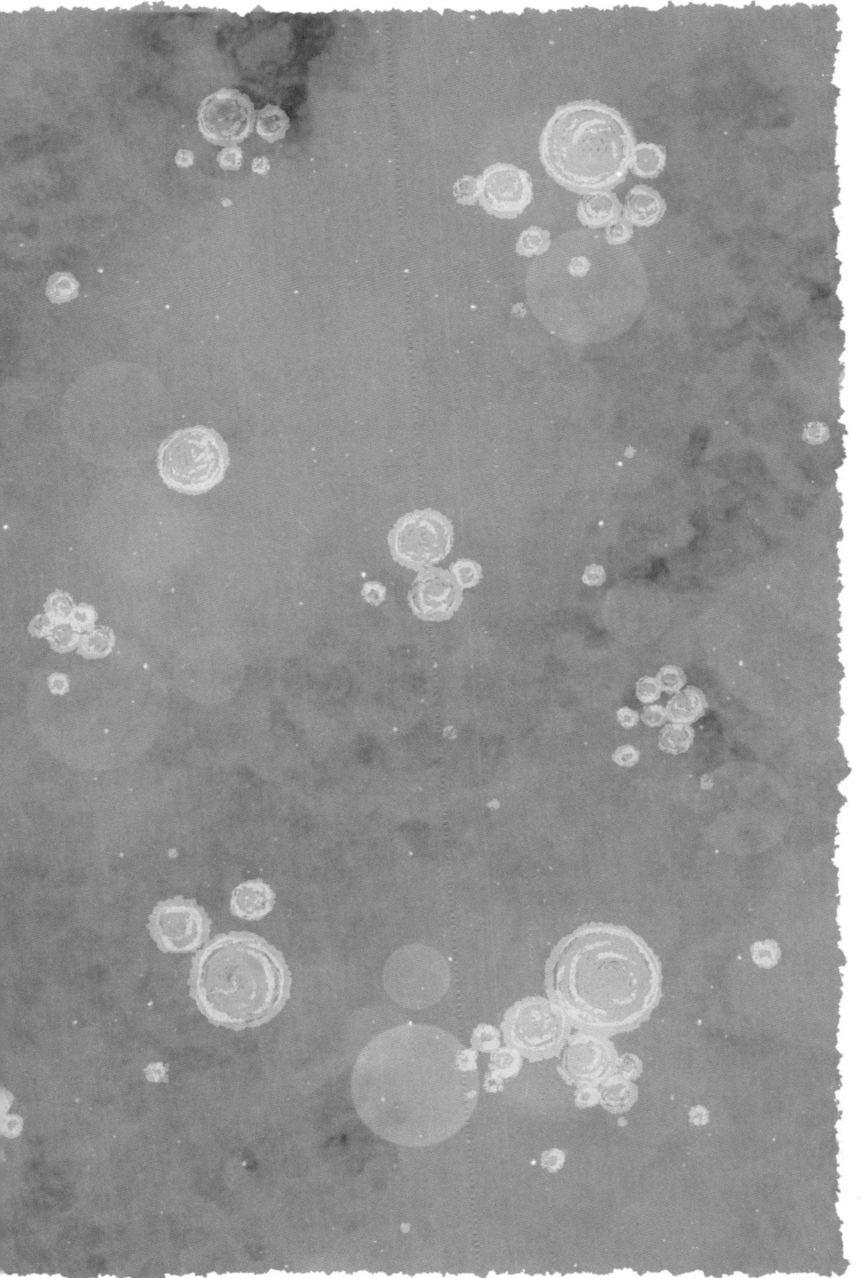

눈물 젖은 김밥

비가 말끔히 갠 아침, 섬을 둘러싼 공기가 청명하고 상쾌했다. 하루 종일 큰비가 올 것처럼 어둑하더니 이렇게 맑게 갤 줄이야.

해가 쨍하게 뜨는 날을 고대하며 미뤄두었던 일이 있다. 바로 이 섬의 지도를 새로 그리는 일이다. 본래는 비를 좀 맞더라도 물질을 하려 했는데, 앞으로 며칠간은 장아찌로 버틸 수 있으니 전복이랑 해삼은 좀 나중에 잡아도 되지 않을까 싶었다.

벽에 대충 붙여놓았던 이 섬의 지도를 떼어냈다. 식탁 위에 펼쳐서 하루의 여정을 가늠해보았다. 벽에 붙여두었던 지도는 이 섬에 들어오기 전, 배로 한바퀴 돌면서 겉으로 보이는 모습만 스케치해놓은 것이다. 빈 구석이 많았다. 섬을 구석구석 둘러보며 내가 쓸 만한 공간이 있는지를 살피기로 했다.

배낭을 꺼내 이런저런 짐을 챙겼다. 숲에서 길을 낼 톱과 칼을 먼저 챙겨 넣었다. 또 뭐 없나 살피는데 무릎 아래로 상처투성이인 다리에 눈이 갔다. 매번 대충 연고만 슥 바르고 말았는데, 이번에는 미리 소독약과 밴드를 챙기기로 했다. 혹시나 밤늦은 시간에 돌아올 수도 있으니 랜턴도 종류별로 가방에 넣었다. 여름용 등산바지를 입고 긴 양말을 쭉 올려 신었다.

점심때 먹을 도시락도 싸야 했다. 부엌 구석에 비스듬히 기대 있는 무를 노려보다가 메뉴를 떠올렸다. 무를 통째로 도마 위로 올리고는, 기다랗게 네줄 잘랐다. 얇은 접시에 물을 담고 거기에 식초랑 설탕을 뿌려 섞고는 방금 잘라낸 무를 담갔다. 김 봉투도, 지누아리 장아찌도 꺼냈다. 냄비를 열어 밥이 넉넉한지도 확인했다.

밥에는 조금 전 무를 담가놓았던 식초 물을 살짝 뿌려 섞고, 전복 장조림이랑 지누아리는 손으로 꾹 짜서 간장의 짠맛을 덜어내고 채를 치듯 가늘게 썰었다. 자,

이제 하나씩 말아볼까. 김발 위에 김을 올려놓고 밥을 한주걱 퍼 올렸다. 손으로 밥알을 넓게 펼치고는 그 위에 무를 올리고 전복과 지누아리 채를 올렸다. 이어서 슥, 슥, 발을 잡아당기며 밥을 요령껏 도톰하게 모양을 만들면 끝.

평소라면 모양을 크게 신경쓰지 않았을 테지만, 그래도 자체적으로 지정한 '소풍날'이니 내게 좀 더 여유를 베풀기로 했다. 한입 크기로 썰어 비스듬히 눕히니 제법 그럴듯했다. 그중 하나를 입에 넣어보니 재료들의 향이 어우러져 꽤나 맛깔났다.

어느새 해가 섬집 거실을 비췄다. 시간이 벌써 이렇게 됐구나! 서둘러 김밥 세줄을 더 싸서 비닐 팩에 담고는 배낭에 넣었다. 꽤 묵직해진 가방을 어깨에 걸치니 미지의 세계로 떠나는 탐험가가 된 듯한 느낌이었다. 이 무게를 지고 오래 걷는 건 아무래도 무리이다 싶어 몇가지를 뺄까 하다가 호기롭게 그냥 문을 열어젖혔다.

이 섬에 온 뒤로 떠나는 첫 소풍이었다. 막 11시가 넘은 때, 섬집 뒤편의 소나무 숲을 거쳐 산 정상으로 넘어가보기로 했다. 숲에는 길이 없어서, 어디를 가나 나뭇가지가 눈앞을 가로막았다. 희휘 손을 내저어가며 천천히 앞으로 나아갔다. 어떤 가지는 부러뜨리고 어떤 가지는 칼로 자르며 걷다가 뒤를 돌아보니 어느 정도 길이 만들어진 것 같았다. 지도를 꺼내 지나온 곳을 대략 표시했다. 울창한 소나무 숲 곳곳에 불쑥 솟은 바위들이 하나의 이정표 역할을 해주었다. 이 바위는 감자를 닮았네. 감자바위라고 부를까. 이게 더 감자를 닮았잖아. 그럼 아까 본 바위는 고구마라고 할까. 순간 맛있게 익은 고구마의 달콤한 향이 떠올라 군침이 돌았다. 언젠가 각각의 바위에 구분할 수 있는 이름을 붙여주긴 해야겠다고 다짐했다. 그렇게 어슬렁거리며 정상에 도착하니 벌써 한시간이 훌쩍 지나 있었다.

정상에 올라서서 걸어온 길을 내려다보고는 지도를 꺼내 섬집에서부터 산 꼭대기까지 난 길을 그어보았다. 코끝의 땀이 지도 위로 톡 떨어졌다. 섬 남쪽의 나무들이 가볍게 이리저리 흔들리더니 곧이어 숲 전체를 어루만지듯 바람결이 일었다. 저 멀리서 남풍이 불어오는구나. 나도 나무들처럼 잠자코 서서 바람의 세례를 맞았다.

점심 도시락을 먹을 자리를 찾기 위해 발길이 닿는 남쪽으로 내려가 보았다. 왜 이런 곳이 비어 있나 싶은 뜬금없는 공터 하나가 나를 맞아주었다. 어쩌면 섬집이 지어졌던 일제강점기에 또 다른 집터로 점 찍어두고는 개간해놓은 게 아닐까 싶었다. 꽤 넓은 땅에 나무 그늘 없이 키 낮은 풀만 자라 있었다. 그곳 한편에 앉아서 김밥을 꺼내 먹으려다가 갑자기 이곳을 텃밭으로 쓰면 딱 좋겠다는 생각이 스쳤다.

섬에 들어올 때 들고 온 채소라곤 대파밖에 없었다. 그 뒤로는 매번 현주 언니에게 채소를 받아 써왔다.

"오늘 일이 무지 많겠네."

조금 막막했지만, 눈앞에 '금싸라기 밭'이 나타났는데 그냥 갈 순 없지 않나 싶어 이곳을 텃밭으로 만들기로 결심했다. 잠시 고민하다가 배낭을 열어 비상용으로 챙겨 온 삽을 꺼내 공터의 흙을 뒤엎기 시작했다.

흙을 어느정도 갈았다 싶어서 잠시 허리를 펴려는데 배낭 앞에 아무렇게나 놓아둔 김밥이 그대로 한여름 햇살을 맞고 있었다.

"내가 이래요, 내가."

온전히 하나에 집중하지 못하고 새로 할 일이 눈에 띄면 본래 하던 일을 내팽개치고 만다. 손에 든 삽을 놓아버리고는 김밥을 들고 나무 그늘 아래에 앉았다. 김밥을 먹으며 잠시 호흡을 가다듬었다. 이리 튀고 저리 튀는 생각들을 그저 그대로 내버려두었다.

뭐, 어차피 오늘은 내내 집에 있으려 했는데… 비가 개면서 선물 같은 하루가 생긴 거라고 생각하자. 그래, 갑자기 생긴 반차라고 생각하면 되겠네. 다들 일하고 있는 시간에 나만 회사를 나서는 것처럼 홀가분하단 말이지.

이런 날은 일의 순서가 뒤엉켜도, 일이 본래 계획한

대로 되지 않아도 괜찮다. 그러니 이런 어수선한 나를 그만 닦달하자. 괜찮다, 괜찮다… 이렇게 나를 위로하고 있자니 기분이 묘해졌다. 입에 욱여넣은 김밥 때문인지, 감정이 북받쳐서인지 목이 메었다. 급히 배낭 속의 물병을 찾으며 생각했다. 오늘은 처음부터 끝까지 헝클어지는 날이라고.

걷기는 나의 일

섬집 앞 수돗가에서 해초들을 고르고 있었다. 선착장 바로 아래 감태랑 미역, 다시마가 얽혀 있어 일단은 끊어 왔는데, 하나하나 확인하려니 제법 시간이 걸렸다. 미역에 붙은, 새우를 닮은 바다대벌레들은 바닷물에 헹궈놓았다. 다시 바다로 던져줄 참이었다.

문득 고개를 들어 시계를 봤다. 오전 8시 40분. 칼과 장갑을 내려놓고는 현관문 안쪽에 걸어둔 셔츠를 챙겨 입었다. 혼자 무인도에서 지내기로 하면서 스스로 세운 원칙 중 한가지는 바로 매일 아침 산책이다. 그때 정갈한 옷차림을 갖추고 나가는 것 또한 나와의 약속이다.

사실 옷차림에 신경을 쓰는 게 멋 때문은 아니다. 저기 저 갈매기조차도 내 패션을 알아봐주지 않는데 무슨 멋인가. 그보다는 혼자 살면서 자칫 내 생활이 흐트러질까 봐서, 그 피치 못할 불안정함을 무엇으로 다잡을까 고민하다가 떠올린 것이다. 그래서 나는 거의 매일 집을 나선다. 머리를 단정하게 빗고 빳빳한 옷을 입은 채로.

이곳에 나 혼자만 있다고 생각하면 묘한 기분이 든다. 마치 내가 곧 섬 전체인 양, 내가 우울하면 이 섬 전체가 우울해질 것 같고, 내가 기뻐 날뛰면 이 섬의 모두가 어깨춤을 출 것만 같다. 그리고 내가 무너지면 이 섬도 무너질 테다. 내 삶을 바꾸려 찾아온 곳에서 스스로 나태해지고 염증을 느끼고 싶진 않다. 그러니 섬을 잘 가꾸려면 내가 어느 정도는 말끔히 살아야 한다.

거울 앞에 얼마나 서 있었을까. 내 딴에는 심각한 자기성찰을 했다고 생각했는데 거울 속 내 얼굴은 그저 흐리멍덩해 보일 뿐이었다. 얼굴을 도리도리, 크게 휘저었다. 깊은숨을 내뱉고는 옷장에서 면티를 꺼내 갈아입었다. 무인도의 내리쬐는 땡볕에 빳빳하게 말린 덕분인지 약간은 들뜬 햇빛의 냄새가 소복하게 묻어 있었다. 그러고 나서 호기롭게 팔을 휘저으며 문을 열고 모래밭으로 향했다.

아침 9시, 보통 사람들이라면 지금쯤 회사에 도착해 일을 시작할 시간이었다. 이 섬에 오지 않았다면 나도 그들과 다르지 않았을 텐데… 그렇다면 지금 내 직업은 뭐라고 부를 수 있을까. 이력서 직업란에 '산책자'라고 써넣는 내 모습을 떠올리니 기가 막혔다. 다시금 목소리를 가다듬고는 한마디를 던졌다.

"저도 당신들과 시간을 맞춰 제 일을 시작합니다. 자, 보세요, 걷는 것은 저의 일입니다."

힘을 주어 끊어서, 작지만 또박또박 말을 내뱉었다. 걷는 것이 하나의 일이 될 수 있다는 말은 나도 들어본 적이 없다. 그런데 만약 어떤 행동을 함으로써 생계를 유지할 수 있다면 그것을 '일'이라고 부를 수 있지 않을까. 나는 이렇게 한두시간을 꾸준하게 걸음으로써 그다음의 일을 해나갈 힘을 얻는다. 푹푹 빠지는 모래에 단련된 허벅지와 종아리로 나는 조리대 앞에서 진득하게 요리를 할 힘이 생긴다. 도시와는 다르게 간편하게 해

먹을 수 있는 것들이 많지 않아서, 섬에서의 음식 대부분은 한번 입으로 들어가기까지 꽤 오랜 시간과 노력을 들여야 한다. 또 매일 걸으며 유지되는 체력으로 물질을 할 수 있다. 겉보기엔 쉬워 보이는 물질이지만, 실은 끈기와 인내를 몹시 필요로 한다.

흐릿했던 '산책자'라는 단어가 머릿속에서 점점 더 뚜렷해지려는 찰나, 철썩 하고 파도가 쳤다. 잠깐 발을 멈추고 내 뺨을 가볍게 톡톡 치고는 다시 힘차게 발을 내디뎠다. 파도 가까이에 서서 신을 벗고 발목까지 담갔다. 바람이 잠들어서 파도 또한 곤하게 자고 있었다. 바닷물이 잔잔해서 내 모습이 거울에 비친 듯 선명했다.

위에는 반팔 티셔츠, 아래에는 청바지. 내 차림새는 단출했다. 손에는 아무것도 들고 있지 않았다. 새벽녘 현주 언니가 던져주고 가는 찬거리를 챙기러 갈 땐 하다못해 비닐봉지랑 에코백이라도 챙겨 나가지만 아침 산책 때에는 일부러 그 무엇도 챙기지 않는다. 아무것도 소유하지 않고 그저 자유롭게, 팔을 앞뒤로 흔들면서 걸는 느낌이 좋기 때문이다.

바닷물에 발을 담근 김에 맨발로 걷기로 했다. 신발을 집어들고 저 안쪽 숲으로 던졌다. 신발들이 얼마 날아가지 못하고 툭, 툭 모래밭에 처박혔다. 자그락자그락, 굵은 모래와 자갈이 내 걸음에 맞춰 제 리듬을 냈다. 자갈밭은 어느새 끝이 나고 수천억개의 모래가 나를 기다리고 있었다. 힘을 주어 모래를 밟으니 숩, 숩, 소리가 났다. 모래알들이 앞서거니 뒤서거니 나를 받쳐주니 발가락들이 마치 개구리 발처럼 제각각 넓게 벌어졌다.

처음에는 푹푹 발이 빠지는 느낌이 어색해서 모래밭 걷기가 어렵다고 느꼈는데, 아침마다 모래밭 산책을 이어가다 보니 꽤 익숙해졌다. 모래알들의 은근한 응원이 느껴진달까. 소란하지 않게 발을 움푹 감싸주는 그 느낌이 좋다. 그래서 아침 산책의 절반은 모래밭에서 시간을 보낸다.

모래와의 따스한 만남이 끝나면 남은 시간엔 소나무 숲을 걷는다. 물가가 끝나는 지점에 자연스럽게 숲이 나

타난다. 맨 처음 숲속 걷기를 시작했을 때엔 모래밭에서
와 마찬가지로 맨발로 걸어보려 했다. 소나무들 아래 솔
가리들이 얼핏 보기에는 감색 양탄자처럼 부드러워 보
였기 때문이다. 하지만 그 솔가리들 위로 발을 디디는
순간 절로 악 소리가 났다. 발을 들어보니 발바닥 곳곳
에 솔가리들이 매달려 있었다. 여전히 생기 있는 솔가리
들이 내 무게에도 꺾이지 않고 나를 고스란히 이겨내려
는 통에 내 발바닥은 일부러 마사지를 한 것처럼 붉으
락푸르락했다.

그 뒤로 소나무 숲을 걸을 때마다 작은 모종삽을 들
고 다니며 작게 길을 만들고 있다. 쪼그려 앉아 삽으로
솔가리들을 긁어내다 보면 그 아래에는 언제부터 거기
에서 묵어 있었는지를 알 수 없는 잎들이 제각기 개성
을 드러낸다. 어떤 곳은 흙이 보일 때까지 긁고 또 어떤
곳은 적당히 솔가리만 걷어낸다. 그렇게 긁어내다 보면
내 뒤로는 군데군데 진한 황토가 모습을 드러내고, 막 걷
어낸 잎들이 새롭게 뿜어내는 향기가 주위를 둘러싼다.

살아 있는 모든 것이 각자의 내음, 향을 갖고 있구나. 그렇다면 내가 풍기는 냄새는 어떨까. 바다는, 숲은 나의 냄새를 어떻게 생각할까. 나는 앞으로 어떤 향을 만들어 풍기며 살아갈까.

잠시 잡념에 빠져 있다가 다시금 한걸음 내디뎠다. 매일 이렇게 소나무 숲길을 만들기 위해 10미터가량을 헤치며 나아간다. 모래밭을 걸을 때의 한가로움은 사라졌지만 그렇다고 힘든 노동이라고 부를 수도 없는 적당한 일감이다. 오리걸음으로 쉬엄쉬엄 나아가다가 눈대중으로 얼추 다했다는 생각이 들면 훌훌 털고 일어난다.

산책의 종착점은 섬의 꼭대기다. 숲에서 쪼그리고 앉아 조물락거리다가 10분쯤 더 산길을 걸어 올라가다 보면 어느새 내 콧잔등에는 땀이 송골송골 맺힌다. 어떤 날은 사방에서 불어오는 바람이 나를 흔들어댄다. 가볍게 땀을 식혀주기도 하고, 내 머리를 제멋대로 풀어헤치는 날도 있다. 언제든 얼마든 바람은 맞을 때마다 그저 시원하고 좋다.

바람이 거의 불지 않아서 산 정상에 오르더라도 시원하진 않을 듯했다. 그럼에도 나는 꼭대기를 향해 발걸음을 쉬지 않았다. 그곳에 오르면 눈앞이 탁 트여 저 멀리 동해가 한눈에 들어오기 때문이다. 뒤를 돌면 저 앞의 항구들과 그 뒤로 넓게 펼쳐진 산맥이 어우러져 장관이다. 도문항 근처에서 열심히 일하고 있을 현주 언니와 마을분들의 모습을 슬쩍 상상해보는 재미도 쏠쏠하다.

산 정상에 올라서는 북쪽 바다를 오래 바라보았다. 갯바위 위를 새카맣게 덮은 섭을 보면 곧장 캐러 갈까 싶으면서도, 급경사의 바위벽들 아래로 그 깊이를 알 수 없도록 진한 청새치색의 바다를 보면 덜컥 오금이 저리기도 한다. 사실 저 어둑한 바다는 동쪽 해안의 선착장과 불과 10여미터밖에 떨어져 있지 않다. 겁이 나서 당장에 도전하긴 어렵겠지만, 저런 깊은 물속에 언젠가는 한번 들어가보고 싶다.

한동안 그렇게 멍하니 서서 바다를 바라보고 나니, 몸속 어딘가로 신선하고 힘찬 기운이 불쑥 들어찼다. 휴

우, 작은 숨을 내쉬고는 아래로 발걸음을 옮겼다. 이제
야 말짱히 정신이 드는 아침이다.

나 홀로 춤을

'혼자 섬에서 산다'는 말은 왠지 외롭고 쓸쓸한 삶을 떠올리게 한다. 과연 혼자 있을 때에는 얼마간 그런 감정에 휩싸이는 게 사실이다. 하지만 거의 대부분의 시간은 정신없이 바쁘다. 먹고사는 게 이렇게 힘이 드는 줄은 몰랐다.

기상 시간은 '무려' 새벽 5시. 무인도에 오기 전, 그러니까 도시에서는 7시 반 알람을 듣고 겨우 일어났던 내가 특별히 각성해서 일찍 일어나는 것은 전혀 아니다. 그건 바로 섬 전체를 울리는 소리 때문이다. 매일 자정 무렵이 되면 도문항을 비롯한 여러 항구에서 배들이 일제히 출발한다. 하나둘 배가 이 섬을 지나쳐 먼바다로 나가는 소리는 그럭저럭 들을 만하다. 하지만 새벽 5시를 전후로 배들이 일제히 항구를 향해 뱃머리를 돌리는 즘에는 귀가 따가울 정도다. 오전 7시부터 시작되는 경매에 참여하려는 배들이 앞다퉈 항구로 들어가면서 저마다 엔진을 최대 출력으로 해놓고는 이 섬 옆을 지난다. 분주하게 움직이며 부릉거리는 소리가 동이 트기 전부터 귓가에 울린다. 지난밤 얼마나 낚았는지 서로 안부를 전하거나 항구에 들어갈 순서를 정하는 무전기 타전 소리도 제법 크다.

잠이 깨버린 나는 우선 간밤에 파도가 가져다놓은 것들을 살피러 모래밭으로 향한다. 동쪽 먼 바다를 향해 펼쳐진 모래밭에는 갈매기들이 떼를 지어 앉아 있다. 슬리퍼를 벗고 맨발로 바다에 들어간다. 물은 어떤 날은 적당히 따뜻하고 어떤 날은 조금 선선하다 싶다. 수돗물처럼 내가 온도를 조절할 수 없으니 그날의 온도에 내가 적응해야 한다.

7월 어느 날이었다. 그날도 여느 때처럼 새벽에 일어나 바다에 발을 담갔다. 정강이 높이까지 들어가서는 허리를 숙여 세수를 했다. 뒤춤에 걸친 손수건으로 대충 닦고 일어나는데, 북쪽 바위 쪽에 반짝이는 것들이 눈에 띄었다. 가까이 가서 살펴보니 대형 전구가 두개 떨어져 있었다. 지름이 거의 30센티미터에 가깝고 무게도 상당했다. 전구를 들어 얼굴에 가져다대니 어쩌면 내 머리보다 더 크겠다는 생각이 들었다. 파도가 가져다준 수확물. 전구들은 오징어배에서 떨어진 것들로 보였다. 초여름에는 동해에 오징어가 출몰하고 오징어배들은 열심히 불을 밝혀 그들을 불러들인다. 그때 불빛이 얼마나 센지, 맨 처음에 그 불빛들을 보았을 땐 마치 저 먼 바다에 도시의 가로등이 일제히 불을 켠 것만 같았다.

전구를 들고 집으로 돌아왔다. 섬집 옆의 대나무 장대에 늘어뜨린 전선 중 몇가닥을 가져다가 전구에 연결했다. 장대에 전선을 걸고 북쪽 숲 초입의 소나무 가지에 설치하면 되겠다 싶었다. 일단 한나절 말려둘 생각으로 섬집 옆에 전구를 내려놓았다. 그리고 남쪽 평지에 있는 바위 쪽으로 발걸음을 옮겼다. 바위 위에는 태양광 패널을 세워두었고, 옆에는 작은 상자와 함께 발전기를 두어

전기를 얻고 있다. 이 모든 장비는 처음 이 섬에 들어올 때 챙겨 온 것들이다.

섬에서 전기를 쓸 일이 많지는 않다. 하지만 섬집 내부의 조명처럼 필수적인 양만큼은 직접 만들어 써야 했다. 그러고 보면 6년 전에 대학을 졸업하고 처음 입사한 회사가 조명업체였던 것이, 마치 지금의 섬 생활을 위한 것처럼 그저 행운이란 생각이 든다. 물론 그 안에서의 일 때문에 여기까지 흘러들어왔으니 완벽히 행운이라고 말할 순 없겠지만 말이다.

그 회사는 대형 건축물에 조명을 설치하는 곳이었고 마침 일본과 대만으로 사업 범위를 넓히기 위해 해외영업팀을 신설하며 신입사원을 모집하고 있었다. 조명에 문외한이었던 나는 면접에서 태양광 조명의 원리를 아느냐는 질문을 받았는데, 면접 스터디에서 예상 질문으로 준비해둔 덕분에 어렵지 않게 대답할 수 있었다.

"DC 출력전압과 DC 출력전류를 계통 연계형 인버터에 내장된 MPPT 컨트롤러로 보내고…"

대답이 끝남과 동시에 임원들이 대견하다는 표정을 지었다. 그때 당시에는 입사에 도움이 되는 순간이라 여겨졌지만, 그 일이 결국 내 발등을 찍는 결과가 될 줄은 몰랐다. 그리고 난 그것을 입사 첫날부터 뼈저리게 실감했다.

"이 친구가 태양광 발전에 대해 아는 게 많더라고. 지금 신생팀 프로젝트 중에 태양광 조명 있잖아. 그 팀 프레젠테이션을 이 친구한테 맡겨보는 게 어떨까."

나는 영업팀 팀원으로 들어갔지만, 함께 입사한 동기들과는 다른 공간에 배치되었다. 그리고 곧 받아 든 서류 뭉치는 하나같이 조명과 전기에 관련된 회로도였다. 당황스러웠다. 슬슬 뭔가가 잘못되어간다는 것을 감지한 나는 난감한 표정으로 서류를 뒤적이고 있었다. 그때 누군가 책 한권을 책상에 툭 던지고 갔다.

"어려울 거 없어요. 태양광 패널 원리는 이 책 하나면 충분해요."

책의 주인이 누구였는지는 기억나지 않지만 나는 그

날 저녁부터 그 책을 들입다 파기 시작했다. 태양광 패널의 가장 기초적인 원리부터 실제로 발전기 구동 시 발생하는 문제점들까지 어느 정도는 익힐 수 있었다. 그제야 면접 당시 달달 외워서 말했던 내 대답이 조금씩 이해가 되었다. 아, 이래서 나를 여기에 보냈구나.

그 책을 붙들고 발표를 준비하다 보면 어느새 늦은 밤이 되곤 했다. 슬슬 피곤해질 즈음 고개를 들면 시계는 보통 밤 10시 언저리였다. 회사는 여전히 영업팀 선배들이 해외 지사와 통화하는 소리로 시끌시끌했다. 힘들기는 했어도 그 시절은 내 생애 가장 뿌듯했던 때이기도 하다. 어쩌면 우리가 다 같이 하나의 목표를 갖고 나아가고 있다는 동지애를 느껴서일 수도 있다. 공부하는 족족 현실 상황에 대입할 수 있다는 점도 재미있었던 것 같다. 1에 1을 더하면 2가 된다는 걸 두 눈으로 보는 느낌이랄까. 그렇게 벅찬 마음을 다스리고 있다 보면, 칸막이 너머 누군가가 기지개를 켜며 다른 이들을 향해 재촉하는 말투로 이렇게 말하곤 했다.

"자, 이제 정리하고 요 앞 곱창집 가서 한잔하시죠."

섬의 남쪽 바위에 올라 며칠 전에 설치해둔 태양광 패널들이 잘 고정되어 있는지를 살펴보다가 문득 그 선배들의 얼굴이 떠올랐다. 동시에 아무리 술에 취해도 눈에 힘을 주며 그들의 이야기를 놓치지 않으려 애썼던 그때의 내 모습도. 그 뒤풀이에서 쏟았던 에너지가 다시 이렇게 또 다른 에너지로 채워지는 것일까.

언뜻 보면 삐뚤빼뚤 제멋대로 세운 듯한 패널이지만, 전기는 제법 충실히 쌓여가고 있었다.

어느덧 어스름한 저녁, 해가 서쪽 산 능선 위에 살짝 걸려 있었다. 이제 곧 해가 지겠구나. 서둘러 섬집 앞으로 가서 사다리를 챙겨 들고 현관 근처 소나무로 향했다. 전선을 연결해둔 전구를 들어올려 나뭇가지에 걸쳤다. 이리저리 모양을 다듬은 뒤 집 안으로 들어가 플러그를 꽂고 전원을 켰다. 팅! 팅! 두개의 전구가 집 앞을 환히 비췄다. 다시 껐다가 켜보았다. 팅! 팅!

뿌듯함에 콧김이 훅 밀려 나왔다. 얼마 전에는 산책길

을 내고, 오늘은 가로등을 만들었다니! 아무도 없는 섬
집 앞에서 나 혼자 흥에 겨워 춤을 추었다. 제법 모양새
가 나는 섬집 살림살이 앞에서 추기에는 좀 낯부끄러운
춤이었지만, 괜찮았다.

섬에서 물 구하기

잠결에 답답한 느낌이 들어 눈을 떴다. 아직 캄캄한 밤. 시계를 보니 새벽 4시가 채 되지 않았다. 목이 부은 것인지 숨을 쉬는 게 힘들었다. 후우, 숨을 크게 내뱉으며 호흡을 가다듬어보려 하는데 그게 마음처럼 잘되지 않았다. 더 이상 누워 있을 순 없을 것 같아 물먹은 스펀지처럼 무거운 몸을 일으키고 앉았다.

간밤에 쇄— 쇄— 하는 소낙비 소리를 들은 것도 같았다. 날이 후텁지근해 창문을 열어두었는데 그 틈으로 습기가 들어온 걸까. 혹은 잠시 비염이 도져 코가 막힌 걸까. 고개를 이리저리 돌리며 안정을 찾으려 했지만, 답답한 건 여전했다. 혹시 3년 전 그때처럼 답답증이 오려는 건가…

기억이 물밀 듯이 몰려왔다. 퇴근길의 조금은 한산한

지하철. 늘 그랬듯이 야근을 하고 늦은 저녁 열차에 올랐는데 사내 메일함 알람이 떴다. 홍콩의 운송회사에서 우리 수출 건이 출항했는지를 묻는 간단한 내용이었는데 그 아래 추신으로 견적서 계산을 다시 해달라고 적혀 있었다. 입사 반년 차. 회사 선배들 앞에선 모두 다 잘할 자신이 있다고 호언장담을 하곤 했지만, 몇가지의 실수가 반복되고 있었다. 그게 바로 견적서 계산이었다.

내가 보낸 계산이 뭐가 잘못되었나? 또 똑같은 실수를 반복했다는 감각이 불씨처럼 몸 전체에 번지자 가슴이 쿵 떨어지는 느낌이었다. 아니, 그보다는 목이 막힌 것처럼 숨이 잘 쉬어지지 않는 느낌. 당장 떠오르는 생각은 일단 바깥으로 나가자는 것이었다. 무작정 다음 역에서 내려 도망치듯이 개찰구를 벗어났다. 여전히 고르지 못한 호흡이었지만 바깥 공기를 맡는 것만으로 조금은 나아진 듯한 느낌이 들었다. 몸이 차츰 안정되자 방금까지 느낀 답답증에 덜컥 겁이 났다. 다시 지하철을 타는 대신 집까지 몇 정거장을 걸었다.

그때부터였을까, 다니면 한참 전부터였을까? 회사에서든 집에서든 나는 조금씩 가라앉았다. 내 상태를 들키고 싶지 않아 씩씩하게 답을 했지만, 어느새 입술을 앙다물며 한숨을 쉬는 날이 늘었다. 입사한 지 겨우 반년인데 벌써 이런 마음이 드는 게 조금은 창피하기도 했다. 그러다 어느 날 가족들에게 지하철에서 있었던 일을 털어놓았다.

"요즘에 심리 상담 같은 거 많이 하던데 너도 한번 받아보는 거 어때?"

"아냐, 1, 2분 정도 숨이 잘 안 쉬어지는 거 말고는 별일 없어. 내가 너무 호들갑 떠는 건가 싶기도 하고."

그때 아빠 말대로 상담을 받아볼 걸 그랬나. 그랬다면 섬에 오는 일은 없었을까. 무릎을 끌어당겨 배에 붙이고는 팔로 감싸 안았다. 휴우, 코끝에 맞닿은 팔뚝에 한숨이 닿았다. 머리를 들어 무릎에 콩, 콩 가볍게 찧었다. 갑자기 창밖으로 비가 세차게 퍼붓는 소리가 들려왔다. 후두둑 창문 안쪽까지 빗방울이 들이치기 시작했다. 포

개고 있던 손을 풀고는 창문으로 달려가 하나씩 닫았다. 방 안이 어느새 서늘하면서도 눅눅한 기운으로 가득 차 있었다.

"스티로폼 박스가 4개, 플라스틱 구형 부표는 3개…"

아침에 주워온 것들의 목록을 쭉 훑었다. 가장 큰 수확은 20리터짜리 정수기 물통 2개. 그 무거운 게 용케 이 섬 앞바다까지 떠밀려 오다니 운이 좋았다.

아침 일찍 해변에 나가보니 간밤에 내린 소나기로 주위가 너무나 어수선했다. 근방의 하천에서 밀려온 수많은 쓰레기들이 파도에 이리저리 옮겨 다니다가 이 섬의 모래밭에 이르렀던 것이다. 새벽부터 잠을 설쳤던 터라 선뜻 그 쓰레기 더미로 다가갈 기운이 나진 않았지만, 저 멀리서 생수통이 반짝이는 걸 보니 그냥 돌아설 순 없었다.

섬집에 돌아오자 집 벽면에 매달린 배수관에서 연이어 물이 쏟아지고 있었다. 방금 주운 생수통을 그 아래에 갖다대니 물이 제법 말끔히 들어갔다. 이제 빗물을 모을 수 있게 되었구나, 뿌듯한 마음에 도통 올라가지 않던 입꼬리가 제법 기운을 냈다. 괜히 고마운 마음에 생수통을 쓰다듬었다. 뽀드득 뽀드득 경쾌한 소리가 났다.

애초에 이 섬에 물이 있을 거라 기대하고 온 건 아니었다. 현주 언니가 여기로 데려다줄 때, 섬 남쪽 바위 아래 어딘가에 물이 샘솟는 곳이 있을 거라는 마을 이장님의 이야기를 전해주었다. 과연 그곳엔 샘이 있었다. 산 정상 바로 아래 바위에서도 물이 졸졸 흘러나왔다. 다만 물의 양은 날씨에 따라 들쑥날쑥했다. 비가 오고 나서 하루 정도 지나면 물이 콸콸 솟아났지만, 건조한 날에는 하루에 1.5리터 한통을 채우기가 어려웠다.

먹는 용도 말고도 빨래, 설거지 등을 생각하면 물은 더 필요했다. 어떻게든 더 구해야 했다. 섬 꼭대기에서부터 섬집 바로 앞까지 오래전부터 나 있던 물길을 이용해보기로 했다. 해변에 아무렇게나 버려진 채로 있던 대나무 줄기들, PVC 배관들을 들고 섬 꼭대기로 올라갔다. 물길을 따라 이어준 후에는 섬집 외벽의 개수대에 올려 수도꼭지를 연결해두었다. 조금 엉성하긴 하지만 물이 집 앞으로 모이는 상수도관의 뼈대를 완성했다. 여기에 더해 집 옥상에 떨어지는 빗물을 모을 생수통까지 설치했으니 이제 물 걱정은 한결 덜었다.

며칠 전 장마가 시작된 뒤로 불쑥불쑥 소나기가 퍼붓고 곤히 잠을 자던 파도는 쉴 새 없이 성을 냈다. 물질도 낚시도 할 수 없는 날씨였다. 전에 손질하다 만 그물을 들고 숙소 옆 창고에 자리를 잡았다. 바닷속이든 해변이든 어디서나 눈에 띄는 폐그물들은 낡은 부분만 골라 뜯어내고 멀쩡한 가닥들끼리 매듭을 지으면 튼튼한 끈으로 재활용할 수 있다. 쓸 만한 가닥을 가려내, 물고기를 잡을 넓은 그물을 짜보기로 했다.

실을 한올 한올 만지며 고르다 보니 현주 언니랑 그물을 정리하던 때가 떠올랐다. 언니는 몇번이고 굳이 왜 섬에서 살려고 하느냐고 물었다.

"섬은 무슨 섬이야. 나랑 같이 뱃일하자, 그냥."

나는 아무 말 없이 가만히 그물을 정리할 뿐이었다. 대답하기 싫었던 것이 아니라 뭐라고 말해야 하나 궁리하는 중이었는데, 언니가 이야기를 이어갔다.

"얘가 또 답답하게 구네. 알았다, 알았어."

"아뇨, 언니. 이야기하려고 했어요. 실은 제가 사람들이랑 말을 주고받는 게 힘들어서요. 그래서 아무도 없는 곳에서 살아보고 싶어요."

"얘가 뭘 모르네. 사람 많은 도시보다 사람 없는 무인도가 더 힘들지."

핀잔을 주긴 했지만, 언니는 내심 신경이 쓰였는지 그 뒤로 내가 섬에서 살 수 있도록 여러 편의를 봐주었다. 이 섬에 사람이 머물러도 되는지를 마을 어촌계에 가서 확인해준 것도, 나를 배에 태워 섬에 내려준 것도 언니다. 새벽녘에 뱃일을 마치고 항구로 돌아가며 이 근처를 지날 때 슬쩍 먹을거리를 던져주고 가는 사람 역시 언니다.

아침에 눈을 뜨면 섬의 북쪽 바윗돌들 틈에 부표 하

나가 떠 있다. 파도가 잔 날에는 배를 대기가 쉬워서 우리는 그 바위 지대를 선착장이라고 부르기로 했다. 크고 작은 바위를 오르내리며 부표에 묶인 끈을 끌어올리면 대구와 가자미, 방게, 그리고 무와 고추장 같은 것들이 비닐봉지 속에 알차게 담겨 있다. 어떤 날에는 짧은 메모가 함께 들어 있다.

"대구는 아가미랑 창자도 다 먹을 수 있으니, 잘 씻어서 소금에 묻어놓고 보름 뒤부터 꺼내 먹어. 쫄깃한 젓갈이 맛나거든."

언니가 남겨둔 메모에 고스란히 마음도 담겼다. 나도 모르게 습관처럼 눈물을 바삐 훔치다 문득 깨달았다. 이곳엔 나 혼자라는 사실을. 조금은 편안해진 마음으로 다시 눈을 끔벅이니 고여 있던 눈물이 또르르 흘러내렸다. 바닷물에 절어 있던 손끝에 짠 소금기가 더해졌다.

언니는 도문항의 단 하나뿐인 여자 선장이다. 도문항에서 일하는 여성을 찾는 게 어렵지 않지만 대부분 남편이 선장으로 있는 배에서 일을 돕는 식이다. 선장으로 직접 배를 모는 사람은 극히 드물고 그중에서도 현주 언니처럼 30대 후반의 비교적 젊은 여성 선장은 아마도 이 근방에선 언니 혼자일 것이다.

뱃일 나가기 전에 여자가 배를 타면 부정 탄다고 하는 게 이곳 어촌의 분위기다. 아침에 흰옷 입은 여자를 보면 배로 향하던 발걸음을 돌려 집으로 간다고도 했다. 이런 곳에서 선장을 하고 배를 몬다니… 평상복을 입었을 땐 영락없는 도시 사람 같은 언니가 어떻게 이런 곳에서 뱃일을 하게 됐을까.

서울에서 무작정 차를 몰고 도문항에 도착했을 때 언니를 처음 만났다. 차를 세우고 시계를 보니 새벽 2시. 집에서 우두커니 앉아 있다가 불쑥 차에 시동을 걸었던 터라, 막상 세시간가량 달려 도착한 뒤에는 정작 무엇을 해야 할지 알 수 없었다. 그때 캄캄한 도로 너머에서 방수복을 가슴께까지 올려 입은 사람이 저벅저벅 다가오는 소리가 들렸다. 가까이서 보니 여자였다.

"뭐… 찾으세요?"

우물쭈물해하는 나를 멀리서 지켜본 것일까. 내가 대답하기도 전에 또 다른 말이 들려왔다.

"여긴 지금 잘 곳이 없는데. 다른 마을로 가보셔야 할 텐데요."

"아, 아녜요. 잠깐 쉬다가 가려고요."

"흠, 그렇구나. 캄캄하니 조심히 다니세요."

그렇게 몇마디 주고받곤 그 여자는 내 옆을 스쳐 지나갔다. 그 순간, 가로등 불빛 아래 그녀 어깨의 글씨가 잠시 반짝였다.

영일호? 영일호가 뭐지?

2장

봄의 맛

도문항에 온 이유

항구는 정말 캄캄했다. 대여섯 척의 배가 밧줄에 묶여 있었다. 방파제 바깥쪽에선 파도가 제법 큰 소리로 부딪혔고, 안쪽에선 잔잔하게 속삭이듯 밀려왔다. 거기에 배들끼리 옹기종기 모여 서로 삐걱대는 소리가 더해졌다. 나는 항구 가로등 불빛이 희미하게 닿는 곳에 자리를 잡고 앉았다. 늦봄의 새벽은 생각보다 춥지 않았다. 대학 시절 친구들과 밤새 쏘다녔던 때에도 이렇게 날이 따뜻했었나. 주체할 수 없었던 그 시절의 마음이 떠올랐다.

잡념이 몰려들더니 어느새 졸음까지 따라왔다. 고개가 툭 떨어질 때마다 나도 모르게 몸이 움찔거렸다. 이럴 줄 알았으면 돗자리라도 챙겨올 걸, 밤을 가로질러 무작정 동쪽 바다나 보자며 차를 몰고 나온 내가 우스웠다.

무릎 사이에 얼굴을 파묻고 잠을 청하려는데 맞은편 선착장 쪽이 북적대기 시작했다. 전등이 하나둘 켜지고 그 아래로 사람들의 모습이 또렷해졌다. 하나같이 가슴장화를 신은, 적당히 허리가 두툼한 편인 아주머니들이었다. 시계를 보니 새벽 5시. 이 시간에 다들 어쩐 일로 항구에 나와 있는 걸까.

대여섯 사람이 일사분란하게 움직였다. 누구는 솥에 물을 붓고 몇차례 닦아내길 반복했다. 다른 누군가는 아름드리나무의 줄기를 그대로 옮긴 것처럼 커다란 도마 옆에 양배추며 양파 등을 놓아두었다. 그 옆에선 그물망 한가득 차 있는 검은 껍데기의 조개를 바닥에 풀어놓았다. 아마도 껍데기를 벌려 살을 골라내는 듯했다. 그것들을 도마에 올려놓고 칼로 저미는 소리가 내가 앉은 맞은편으로 들려왔다. 도마 위에서 채소들이 거침없이 다져지고 솥에선 어느새 하얀 김이 솔솔 올라왔다.

솥뚜껑을 열자 한가득 증기가 솟아올랐다. 누군가 솥으로 다가와 뭔가를 털어 넣었다. 고추장이려나. 장 국

물을 내서 홍합탕을 끓이려는 걸까 어렴풋이 짐작했다. 그 뒤로는 양배추와 양파, 그리고 홍합으로 보이는 조개들을 넣고 뒤이어 달걀을 풀었다. 마지막으로 부추를 쏟아붓고 나자 아주머니들이 한마디씩 거드는 듯했다. 멀어서 잘 들리진 않았지만 간을 보며 음식 품평을 하는 듯했다.

내가 앉은 곳까지도 슬쩍슬쩍 냄새가 전해졌다. 뱃속에선 연신 꼬르륵 소리가 났다. 휴대전화를 꺼내 이 근처 편의점을 검색해보았다. 8킬로미터나 떨어져 있었다. 굳이 차를 몰고 편의점에 가서 컵라면을 끓일 모습을 생각하니 입맛이 싹 가셨다. 일단은 일어나서 아주머니들 뭐 하는 건지 보러나 가자, 생각하며 무릎에 손을 대고 영차 힘을 주었다. 밤새 한숨도 자지 않아서인지 무릎도 어깨도 뻐근했다. 기지개를 켜는데 맞은편 선착장의 아주머니 중 한분과 눈이 딱 마주쳤다. 아씨, 일어서지 말걸. 하지만 이미 눈이 마주친 걸 어쩌나. 어색한 웃음을 지으며 인사를 했다.

“거기, 누구예요?”

와글와글 시끄럽던 선착장이 갑자기 조용해졌다.

“아, 저요? 그냥 놀러 온…”

우물쭈물하고 있던 그때, 내 옆으로 누군가 불쑥 나타났다. 깜짝 놀라 등을 돌리니 익숙한 가슴장화가 보였다.

“어, 아까 본 분이네요? 저 기억나죠?”

“엇, 네. 안녕하세요.”

“잠깐만 쉬다가 간다고 해놓고 아직까지 있었네요?”

여자의 어깨에서 ‘영일호’라는 글자가 위풍당당하게 반짝였다. 실로 촘촘히 박힌 글자들이 새벽녘 가로등 아래에서 더욱 빛이 났다.

“얼굴도 붓고, 엉거주춤한 거 보니까 딱 봐도 잘 못 쉬었네. 저기 가서 밥이나 먹고 가요. 배고플 텐데.”

“예? 제가요? 아녜요. 괜찮아요. 저 이제 가려고요.”

“아까도 조금만 쉬다더니? 그리고 지금 이 시간에 어딜 가요. 얼른 같이 갑시다.”

무엇에 홀린 것일까, 나는 어느새 그 여자의 뒤를 쫓고 있었다. 내 배가 뇌를 완전히 지배한 결과가 분명했다.

그렇게 맞은편 선착장에 다다랐다. 선착장은 그새 다시 소란해져 있었다. 아주머니들이 한그릇씩 국을 푸고 있었다.

"현주야, 어여 와."

"그래, 얼른 먹자, 배고프다."

"현주 옆의 친구도 한그릇 해야죠? 거기 같이 앉아요."

그들은 내가 누군지 묻지도 않고 푹푹한 숨이 가득 담긴 국 두그릇을 퍼서 우리에게 건넸다. 그러곤 다시 각자의 그릇에 얼굴을 묻고 열심히 수저를 놀렸다. 얼떨결에 한그릇을 받은 내가 어디에 앉아야 할지 두리번대니 조금 전 '현주'라고 불린 그 여자가 눈짓으로 스티로폼 박스 쪽을 가리켰다. 그들이 앉은 폼을 보아하니, 다같이 가슴장화 차림으로 물기 있는 바닥에 그대로 앉아 있었다. 나도 그 옆에 스티로폼 박스를 슬며시 놓고 앉았다.

잘 먹겠다고 중얼거리고는 곧바로 그릇에 입을 가져다댔다. 콧김으로 매운 기운을 내보내고 입안에서 다시금 맛을 음미해보니 짭조름한 장의 느낌이 색달랐다. 칼칼한데 묵직한 장맛이 일품이었다. 건더기들을 숟가락에 가득 담아 입에 넣었다. 홍합으로 보였던 조개가 씹히는데, 흔히 도시에서 먹던 짬뽕에 들어간 홍합과는 전혀 다른 질감이었다. 소라만큼 질기진 않고 적당히 쫄깃한 식감이 살아 있어 그 신선함이 전해졌다. 이건 홍합이 아니다. 뭘까. 그 뒤로 하나씩 재료를 골라가며 입에 넣고 씹어보았다. 절로 감탄이 나왔다.

나만의 음식 품평에 빠져 있는 동안, 아주머니들은 벌써 식사를 마쳤는지 내 모습을 힐끗 바라보고 있었다. 어느새 내 주위로 사람들이 얼굴을 들이밀고 있는 모양새가 되었다.

"맛있어요?"

맞은편 선착장에서 눈이 마주쳤던 아주머니가 물었다.

"아, 정말 맛있네요. 혹시 이 홍합 같은 건 뭔가요?"

"그건 섭이야. 어제 딴 거라서 겁나게 싱싱하지?"

다른 쪽에서 크게 대답이 들려왔다.

"거기 아가씨, 섭국 한그릇 더 먹을 테야?"

그때 또 다른 아주머니 한분이 내게 물었다. 나도 모르게 그릇을 번쩍 들고 솥 앞으로 갔다.

"누구신데 현주랑 같이 왔어? 친구야?"

"아까 저 맞은편에 앉아 있던 사람이잖아. 난 또 물에 빠지려는 사람인 줄 알고 계속 쳐다보고 있었지. 아깐 얼굴이 죽상이더니 지금은 활짝 폈네그려."

그 말에 다들 큭큭대며 웃어댔다. 나도 멋쩍어 웃음을 흘렸다.

나중에 현주 언니는 우리가 처음 만난 날을 기억하며 내가 국을 떠먹는 모습이 참 한가로워 보였다고 이야기했다. 그 모습을 보면서 나가 이곳에 죽으러 온 것이 아님을, 내가 살러 이곳에 왔음을 바로 알았다고 했다. 그저 섭국을 맛있게 먹었을 뿐인데, 그 모습에서 삶과 죽음을 골라서 읽어내다니. 현주 언니의 그 말이 신기해서 내내 잊히지 않았다.

그래, 나는 여기에 살러 온 것이구나.

바다가 체질

"저, 언니… 제가 도와드릴 게 있을까요?"

배 갑판으로 짐을 옮기고 있는 현주 언니에게 말을 건넸다.

"이 일 배워본 적 있어요?"

"아뇨."

"아니, 배워보고 자시고, 이런 배를 타본 적은 있어요?"

"아뇨, 처음 타봐요."

"참 나, 타본 적도 없는 배에서 무슨 일을 하겠다고! 뱃일 이거 만만찮아요. 쉽게 보면 큰일 나요."

이런 식의 거절 앞에선 그저 알겠다고 하고 돌아서면 될 일이었다. 내 차가 시야에 걸릴 정도의 거리에서 나를 기다리고 있었다. 등을 돌려 차를 타고는 다시 도시로 올라가면 그만이었다. 하지만 이번에는 왠지 그러고 싶지 않았다.

"바짓가랑이를 붙잡는다는 말이 있잖아. 네 표정을 보니 그 말이 무슨 뜻인지 알겠더라고."

훗날 언니가 말하길 그때의 나를 떠올리면 도저히 거절할 수 없는 눈빛이 기억난다고 했다. 나도 왜 그렇게까지 필사적이었는지는 모르겠다. 돌이켜보면, 뭔가 알 수 없는 힘이 나를 육지에서 내몰아 바다 위로 떠민 게 아니었을까 싶기도 하다.

"그러면 이번 한번만이에요. 알겠죠?"

"정말요? 고맙습니다!"

"아깐 목소리가 기어들어가더니 섭국 한그릇에 그래도 좀 생기가 도나 보다. 참, 이거 한알 먹어볼래요? 바다 멀미는 정말 힘들어. 잘 참아봐요."

약을 먹고는 배 한 귀퉁이에 앉았다. 현주 언니가 나를 부르더니 말없이 가슴장화를 한벌 안겨주었다. 선장실 구석에 서서 장화를 올려 신고는 다시 뱃머리 쪽에 자리를 잡았다. 언니가 운전대를 잡고 시동을 켰다. 생각보다 부드러운 시동음이 들렸다. 배는 뒤로 천천히 움직이며 뱃머리를 바다 쪽으로 즈금씩 틀더니, 곧 물살을 가르며 앞으로 나아가기 시작했다. 드디어 바다로 나아가는구나. 알 수 없는 안도감이 마음 깊숙이 몰려들었다.

"참 나, 지안씨 벌써 3년 차잖아. 이 일 그렇게 만만한 거 아니야. 정신 좀 차려요."

"네, 팀장님, 죄송합니다."

조금은 무거운 듯한 바닷바람이 묵직하게 뺨을 때렸다. 갈라지는 물결을 멍하니 쳐다보는데 회사에서의 일과 현주 언니의 말투가 오버랩되며 잊고 있던 기억이 떠올랐다. 주임 직책을 받고 얼마 지나지 않아 팀장이 본인 자리로 나를 불렀다. 방금 검토를 요청한 견적서에 빨간 줄이 죽 그어져 있었다. 다른 팀원들이 모두 있는 자리에서 그렇게 큰 소리로 혼난 것은 처음이었다. 일을 못해서 핀잔을 듣는 것도 힘들었지만 공개적인 장소에서 들으려니 견디기가 쉽지 않았다. 내가 남들의 시선을 이렇게나 신경을 쓰는 사람이었구나 새삼스레 깨닫기도 했다.

배를 타고 10분쯤 달렸을까. 선장실에서 언니가 내게 손짓했다.

"괜찮아요? 얼굴에 힘이 없어 보이는데?"

"아뇨. 괜찮아요."

"신기하네. 다들 이쯤 되면 토하고 난리도 아닌데. 그나저나 아직 이름도 못 물어봤네요. 저는 오현주라고 해요. 나이는…"

그렇게 우리는 통성명을 했고 언니는 얼마쯤 존대를 하다가 또 얼마쯤 지나 내가 편해졌는지 반말을 섞어 대했다. 오늘은 자기 하는 것만 잘 봐두라며, 검지와 중지를 V자로 만들어서는 자기 눈 쪽으로 갖다댔다가 선장실 창문 쪽을 가리켰다. 나는 고개를 끄덕였다.

언니는 갑판으로 달려가 긴 장대를 집어들더니 바다 위의 부표 하나에 장대 끝 고리를 걸어 끌어당겼다. 부표를 인양기에 걸치고 버튼을 누르자 바닷속 그물이 천천히 배 위로 올라왔다. 그물 사이로 드문드문 생선이 눈에 띄었고 언니는 빠른 손놀림으로 생선을 골라내 갑판 위로 툭툭 던졌다.

생선을 추려낸 뒤에 다음 부표가 있는 곳으로 배를 옮겼다. 이후에도 같은 작업이 반복됐다. 다섯번째 부표쯤 되자 대략적인 업무 순서, 인양기의 가동 방식이 눈에 들어왔다. 언니의 동작은 무척 단순하고 간결했다. 마치 몸이 그 일에 맞춰 리듬을 기억하는 것처럼. 뱃일은 건장한 남자들만 할 수 있는 일이라 생각했는데, 언니의 섬세한 몸짓은 의외로 자연스럽고 조화로웠다. 어쩌면 '힘'이란 강하냐 약하냐가 아니라 어떻게 쓰느냐의 문제일지도 모른다는 생각이 들었다.

혼자 잡념에 빠져 있는데 갑자기 언니가 이리로 와보라며 나를 불렀다. 언니는 수확한 것들 속에서 가자미만 골라냈다.

"내가 가자미를 따로 모아둘게. 그중에서 제일 작은 애들을 좀 다듬어줘요. 이렇게 살짝 배 부분을 누르고 머리를 잘라줘요. 그다음에 포를 뜨는 것처럼 배를 가르고 내장을 긁어내요. 이렇게요. 그리고 위아래, 꼬리 부분의 지느러미를 도려내면 끝. 다섯마리만 부탁해요!"

빠르게 말을 마친 언니는 다시 선장실로 가서 분주하게 운전대를 돌려댔다. 아마도 배를 좀 더 먼 바다로 옮기려는 것 같았다.

갑판에 앉은 나는 어느새 고무장갑을 끼고 칼을 쥐고는 가자미를 노려보고 있었다. 크게 심호흡하고 가자미 한마리를 손에 쥐어보았다. 물컹한 질감에 바다 내음이 더욱 진하게 전해졌다. 바로 직전까지 살아 있던 무언가의 생생한 느낌이 그대로 전해졌다. 낯선 이질감에 얼른 가자미를 내려놓았다. 그전까지 내 손으로 살아 있는 물고기를 잡아본 적이 한번도 없구나, 새삼 깨달았다.

다시 한번 심호흡을 하고는 언니가 말한 대로 가자미의 배 부분을 살짝 누르고 머리부터 잘랐다. 그러고는 칼을 수평으로 뉘어 배 아래쪽 살을 갈랐다. 칼이 가자미의 뼈를 요리조리 피해 살을 말끔히 도려냈다. 가자미의 내장은 손가락 두마디 정도 길이였다. 그걸 털어내고 물로 씻어낸 뒤에는 지느러미를 차례차례 잘랐다. 어설 프게나마 내 첫번째 가자미 손질을 마쳤다. 뿌듯함에 입 꼬리가 실룩거리며 춤을 췄다.

약간의 진동이 느껴지며 배가 멈췄다. 저 멀리 우리가 떠나온 육지가 어렴풋이 브였고 그 뒤로는 거대한 산줄 기가 남과 북으로 이어져 있었다. 현주 언니가 양손에 밥과 양푼, 몇가지의 채소와 초고추장 튜브를 들고 와서 내 옆에 자리를 잡았다.

“참 먹을 시간입니다.”

휴대전화 액정의 시계가 8시를 가리키고 있었다. 언 니는 도마에 물을 한번 더 뿌리더니 가자미를 한마리씩 올려놓고 채를 치듯이 얇게 잘랐다. 그렇게 자른 것들을 양푼에 넣더니 식초를 제법 많이 뿌렸다. 그러고는 조금 만 기다리자고 했다. 그래야 가자미 뼈가 씹기 좋게 야 들해진다고 했다.

“멀미 안 하는 거 같네? 그 덩치 좋은 내 동생도 첫날에는 누워만 있었는데…”

“그러게요. 바닷바람을 계속 쐬어서 그런가, 아무렇지 않네요.”

“바다가 잘 맞나 봐.”

이런저런 이야기를 나누다가 언니가 밥 몇 숟가락, 채소 한움큼에 초고추장을 더해 비비기 시작했다. 고소한 참기름 냄새와 함께 도톰한 회가 신선한 채소와 버무려졌다.

“먼저 먹어봐요. 도시 사람 입맛에는 어떤지 궁금하네.”

언니는 회덮밥에서 시선을 돌려 내 얼굴을 빤히 쳐다보았다. 나는 엉겁결에 숟가락을 들고는 양푼 속 가자미와 밥, 채소를 양껏 그러모아서 입으로 가져갔다. 언니는 내가 밥을 꼭꼭 씹는 동안 내가 이 배의 첫 손님이라며, 자기는 손님 대접을 중요하게 생각하는 사람이라고 너스레를 떨었다.

말랑한 가자미 살과 적당히 부드러운 뼈가 씹혔다. 동시에 초고추장의 시큼함과 양배추의 달큼함, 양파의 알싸함이 각자의 위치에서 풍미를 더했다. 절로 웃음이 났다.

"와, 언니, 정말 맛있어요!"

현주 언니가 하던 말을 멈추고는 흐뭇한 미소를 띠었다. 그리고 말없이 본인의 숟가락을 양푼으로 가져갔다. 언니 또한 한입 먹고는 엄지손가락을 높이 들었다.

"그러게요, 정말 맛있네. 그나저나 여기에 얼마나 묵을 생각이에요? 묵을 곳은 있어요?"

"실은 대책 없이 내려온 거라…"

내가 말꼬리를 흐리자 언니가 말을 이었다.

"그럼, 당분간은 우리 집에서 지내요. 방 하나가 비어 있는데 어때요?"

나로선 거절할 수 없는 그저 반가운 제안이었다. 또 웃음이 흘러나왔다.

"지안씨, 웃을 줄도 아녀요? 웃으니 훨씬 낫다."

첫 가자미 회덮밥의 시식을 마치고 우리는 조업을 다시 이어갔다. 그때부터는 나도 슬그머니 엉덩이를 떼고

뭐라도 도우려 애썼다. 언니는 한사코 앉아 있으라고 권
했지만, 내 마음이 싫지는 않은 눈치였다. 그렇게 나는
영일호의 선원이 되었다.

물속에 밭이 있다

"헉, 여사님, 뭐 하시는 거예요!"

내 말에 아랑곳 않고 홍여사님이 미역을 양식장으로 쏟아부었다. 여사님은 항구에서 오고 가며 인사를 나누던 옆마을 분으로, 좋은 아르바이트가 있다며 나를 양식장으로 데리고 왔다. 우리는 2인 1조로 물고기를 그물에 가두어서 키우는 가두리 양식장 두개를 청소하기로 했다. 가두리 청소는 처음이라 긴장하고 있었는데, 홍여사님과 짝꿍이 되어 눈대중으로 일을 배우면 되겠구나 싶어 안심이 됐다.

일을 시작하자마자 가두리 바깥 경계로 떠밀려 온 미역들을 건지라는 지시에 열심히 줍고 날랐다. 발판의 폭이 그리 넓지 않아 조심하지 않으면 자칫 바닷속으로 빠질 수도 있었다. 발아래를 살피며 미역을 옮기고 쌓느라 땀이 비 오듯 했다. 그런데 홍여사님이 애써 모아둔 미역들을 죄다 다시 가두리 안으로 밀어 넣는 게 아닌가.

"아니, 저 미역들을 어떻게 건진 건데 이렇게 그냥 버리는 거예요? 초장 찍어 먹어도 되고 말려서 국 끓여 먹어도 되잖아요. 아까워서 어떡해."

울상이 되어버린 내 앞에서 홍여사님은 그저 몇줄기나 되는 미역을 끌고 가서는 양식장에 들이부었다.

"어이 아가씨, 지금은 전복이랑 성게 밥 주는 시간이야. 미역 쪽으로 몰려드는 전복들 보이지?"

"안 보이는데요?"

"대충 보면 안 되지요. 가만히 앉아서 아래를 보고 있어봐."

홍여사님은 더 이상 말을 덧붙이지 않고 자리를 떴다. 나는 그 자리에 그대로 쪼그리고 앉아 물 밑을 바라보았다. 바다 물결이 잔잔해서 물 아래가 제법 멀리까지 보였다. 햇살이 내리쬐어 미역 줄기가 반짝였다. 푸르디푸른 잎맥이 너울거리는 모습이 볼만하다 싶은 찰나, 저 아래쪽에서 거뭇한 덩어리들이 눈에 띄었다. 가만히 보니 아래쪽만이 아니라 사방에서 몰려들고 있었다. 검푸른 미역 위에 전복들이 잠깐씩 빛을 반사하며 다가오는 모습을 보고 있노라니, 마치 만화에서 악당이 입을 벌리는 순간 번쩍이는 앞니를 보는 듯했다.

전복이 이렇게 미워 보일 일인가. 그도 그럴 것이 아침 내내 양식장 한 귀퉁이에서 미역을 캐냈는데, 그 미역을 항구에 들고 가서 팔든 우리끼리 나눠서 먹든 하는 게 아니라 여기에 부려놓으니 기분이 좋을 수 있겠느냔 말이다.

저 멀리서 홍여사님이 걸어오며 말을 붙였다.

"봤어? 전복들 많이 올라오지?"

기분이 상해, 하는 둥 마는 둥 대답했다.

"거참, 전복도 성게도 밥을 먹어야 살지. 미역 아니라면 공장에서 만든 사료를 줘야 하는데, 그건 전복들이 잘 먹지도 않거든. 그리고 그걸 뿌려대면 바다가 얼마나 지저분해지는지 모르는갑네?"

홍여사님의 말에 불쑥 솟아 있던 화가 조금씩 누그러졌다. 미역이 나에게 맛있는 식재료이듯, 전복과 성게에게도 그런 존재였다니. 어느새 미역 줄기를 가득 메운 채 오찬을 즐기고 있는 전복을 보고 있자니, 갑자기 무안해졌다.

"여사님, 그럼 아까 미역 캘 때 이야길 해줬어야죠. 전 우리 먹을 거 캔다고 생각했어요."

"아깐 내 일 하느라 너무 정신이 없었지. 자, 이제 우리도 밥 먹으러 갑시다요."

여사님 뒤를 따라 걷다 보니 문득 떠올랐다. 이분, 도문항 옆마을인 통진에서 태어나 육십 평생 뱃일만 했다지. 그러고 보니 나도 이곳에 온 지 벌써 한달 가까이 지났다. 예나 지금이나 앞뒤 상황을 파악할 생각 없이 일단은 무작정 떼를 쓸 때가 있긴 하지만, 그래도 항구 도착 첫날 느꼈던 막막함을 떠올리면 이 낯선 곳에서 꽤 잘 버티며 적응하고 있는 거 아닌가 싶었다. 무심한 듯 하면서도 하나하나 챙겨주는 마을 사람들 덕분이란 생각에 고맙기도 했다.

다음 날 아침에는 정화 언니가 불쑥 물질을 하러 가자고 했다. 정화 언니도 매일 아침 항구에서 마주치다 보니 어느새 친해진 분이다. 오며 가며 인사를 하던 어느 날 나를 불러 세우더니 이렇게 말했다.

"나는 그냥 언니라고 부르면 좋겠는데…"

이제 막 오십이 넘은 사람이 여사님 소리 듣는 건 아니라며 손사래를 치던 정화 언니의 그 말이 얼마나 귀엽게 들리던지. 나는 그 뒤로 열심히 '언니!'를 외쳤다. 정화 언니 특유의 입꼬리를 살짝 올리는 미소를 보는 재미도 쏠쏠했다.

그 정화 언니가 나를 불렀으니 '물질'이 뭔지도 모르면서 '네!' 했다. 언니가 나보고 수영을 잘하느냐고 물어서 어린 시절에 언니 따라 고급반까지 다닌 실력이라고 자랑했다.

"됐네, 그럼. 난 수영장은 가본 적도 없지만 물질하잖아. 정식으로 배웠으면 더 잘하겠지. 하여간 물을 무서

위하지만 않으면 돼."

언니는 나보고는 잠수 슈트를 입으라 하고는 본인은 아주 가벼운 차림으로 길을 나섰다. 망사 주머니를 하나 들었는데 거기에는 미역이랑 접이식 칼들이 여러개 들어 있었다.

철썩, 철썩, 파도가 치는 바다 코앞에서 정화 언니가 털썩 주저앉았다. 그러고는 작고 편평한 돌멩이를 도마 삼아, 망사 주머니에서 꺼낸 미역을 칼로 잘랐다.

"옷 주머니에 이 미역들을 넣어둬."

나는 영문도 모르고 언니가 주는 잘디잔 미역 잎사귀와 줄기를 주머니 속에 챙겨 넣었다.

"저기 작게 튀어나온 바위 보이지? 나 따라서 저기까지 가는 거야. 그 아래에 볼 게 많거든."

언니를 따라 물살을 헤치며 그 바위를 향해 나아갔다. 뒤를 돌아보니 육지에서 꽤 멀리 떨어진 듯도 했다. 아마도 뭍에서 20미터쯤 온 걸까.

바위에 도착하자 둘 다 숨이 찼다. 둘 다 목만 내민 상태에서 팔을 저어가며 신호를 즈고받았다. 정화 언니가 검지손가락을 위로 치켜들었다가 급히 아래쪽을 가리켰다. 뭍에서 언니가 미리 알려주었던 수신호, 이제 물속으로 들어가자는 뜻이었다. 언니가 먼저 물구나무서기를 하듯 고개를 아래쪽으로 홱 숙이고는 발을 세게 박차며 물속으로 들어갔다. 나도 발차기를 하며 몸을 거꾸로 세웠다. 처음에는 발차기에 힘이 들어가지 않아 두 번이고 세번이고 시도한 후에야 겨우 들어갈 수 있었다.

물속은 조용했다. 방금 전 파도 위는 바로 곁의 갈매기 울음부터 저 멀리 배들의 엔진 소음까지 분주한 소리로 뒤덮여 있었는데, 그 바로 아래는 이렇게 고요하구나. 그저 내가 물을 내뿜는 소리간이 귓가에 들렸다. 머리만 내밀고 있던 바위는 그 안에 거대한 몸체를 숨기고 있었다. 다만 그 거대한 바위의 몸은, 내가 상상했던 것과는 달리 무척 황량했다. 저 아래 바닥도 모래만이 깔려 있는 듯했다.

그 풍경을 보며 망연자실해하고 있는 동안, 정화 언니

는 이미 저만치 앞장서서 바닥을 향해 나아가고 있었다. 그러다가 잠시 멈추더니 주머니 속에서 미역을 꺼냈다. 그 미역이 향한 곳은 바로 전복 밭. 언니는 전복들 틈에 미역을 끼워 넣어주고 있었다. 전복 중에 몇개를 집어 주머니 속에 넣고, 다시 자신의 주머니 속 미역을 꺼내 나머지 전복들 틈에 끼우는 일을 반복했다.

언니가 나를 바라보며 손가락으로 주머니를 가리켰다가 바로 이어서 전복 밭을 가리켰다. 나는 양팔을 굽히고 어깨를 들썩이며 '뭘요?' 하는 제스처를 취했다. 언니가 크게 물방울을 내뿜더니 물 위로 올라가라는 듯 검지손가락을 위로 두어번 가리켰다. 내가 뭔가 잘못한 걸까?

물 바깥으로 나가자 정화 언니가 잠시 바위 옆으로 가자고 손짓했다. 방금까지는 사방이 고요했는데, 다시 물 바깥으로 나오자 귀가 시끄러웠다. 언니도 마찬가지로 귀가 따가웠는지 아니면 내가 답답했는지 목소리가 커졌다.

“내가 하는 걸 따라해야지. 설명을 잘해주고 들어갈 걸 그랬네. 잘 들어요. 우리가 여기 전복 따러 온 거잖아요. 그런데 전복 밭을 발견하더라도 그 전복을 모조리 캐면 안 돼. 그중에 씨알이 굵은 것만 캐야 하거든. 알이 작은 어린 전복은 좀 더 크게 둬야 하니까.”

열심히 고개를 끄덕이는 나를 보며 언니는 이어서 말했다.

“그리고 그것보다 중요한 게 있어. 바로 걔네들한테 먹이를 주는 거야. 지금 바다는 전처럼 먹을 게 풍부하지 않거든. 이 말이 어떻게 들릴지 모르겠는데, 우리는 이렇게 전복들을 도와줘야 해.”

도와준다고? 전복을? 우리가? 정화 언니의 말이 곧장 이해되지는 않았지만, 일단은 알겠다는 뜻으로 또 고개를 끄덕였다. 물질을 배우러 온 처지에 여기서 꼬치꼬치 캐물을 순 없는 노릇이었다. 언니가 물로 들어가자 나도 아까보다는 훨씬 익숙해진 잠수 자세로 물 안으로 들어갔다. 또다시 따갑던 귀가 일순간 고요해졌다. 나는 일부러 언니 옆으로 다가갔다. 언니는 쭈욱 아래로 나아가더니 전복 밭에 멈춰 섰다. 그러고는 나를 향해 빨리 오라며 손짓했다.

언니 곁에 서서 그 손가락이 가리키는 쪽을 바라보았다. 어린 전복이, 아까 언니가 두고 간 미역을 껍데기 속으로 끌고 들어가 마치 그것을 씹는 듯 몸을 움직였다. 마침 파도에 굴절된 햇빛이 전복의 껍데기 위로 반사되며 '반짝' 신호를 보냈다. 정화 언니가 조심스럽게 아기 전복을 쓰다듬고는 나를 보며 입꼬리를 올리고 싱긋거렸다. 뭐지, 이 신기한 일은? 나도 덩달아 웃음이 났다. 바닷속에서 다 같이 웃느라, 우리의 얼굴 앞으로 보글보글 물방울이 분주했다.

원래 그런 걸까

"왜 웃니? 너 이거 지금 심각한 상황이야."

높고 날카로운 목소리가 갑자기 저편에서 들려왔다. 잊고 지내던, 아니 잊으려고 노력했지만 사실 잊을 수 없던 배부장의 목소리였다. 시계를 보니 새벽 2시. 눈을 끔벅거리며 이게 꿈임을 다시 확인했다. 6월, 초여름의 습습한 밤공기가 나를 둘러싸고 있어서인지 이마에 촉촉하게 땀이 배어 있었다. 몸을 일으켜 세워 앉았다. 작게 내쉰 숨과 함께 고개가 푹 꺾였다.

배부장은 내가 다니던 회사의 경리부 소속 선배다. 회사를 20년 넘게 다녔고 장기근속자가 많지 않은 회사 분위기상 업무의 전반을 꿰뚫고 있었다. 마치 사장님 바로 아래의 지위에 선 듯 일 역시 원숙하게 일사천리로 처리했다. 키도 웬만한 남자보다 크고 목소리도 걸걸했다. 그래서인지 배부장 앞에서는 남자 임원들도 함부로 하지 못했다. 입사 초기 어느 날, 같은 영업부서의 선배 하나가 나를 불러 세웠다.

"지안씨, 요즘 말이야, 경리부 배부장님이랑 있는 게 자주 눈에 띄던데… 그분 꽤 무서운 분이야, 조심해."

"예? 그게 무슨 말씀이에요?"

선배는 가볍게 웃음 짓고는 자리를 떠났다. 이런 작은 경고가 몇번 더 이어지긴 했지만, 심각하지 않은 분위기 였기에 대수롭지 않게 생각했다. 나에게는 그저 멋있어 보여서 그 뒤로도 내내 그를 따랐다. 부장님도 나를 아 껴주었다.

"지안씨, 이제 호칭 빼고 선배라고 불러. 아니면 언니 라고 부르던가."

나중에 알게 됐지만, 그건 나를 시험하는 말이었다. 그 말에 따라 언니라고 불렀다면 어떻게 됐을까. 다시 생각해도 간담이 서늘했다.

그 시절에는 '회사 생활은 나 하기 나름'이라는 신조

를 품고 살았다. 아침에 회사 문을 열고 들어서기 전에
는 잠시 잠깐 마음을 다잡곤 했다. 눈치 보지 말자. 눈
치 보기 시작하면 한도 끝도 없어. 뒷일은 신경 쓰지 말
자. 이렇게 되뇌고는 눈이 마주치는 사람에게 큰 소리로
"안녕하세요!" 인사를 건넸다.

하지만 실수를 하고 나서도 씩씩한 표정 짓기란 웬만
한 철면피도 감수하기 어려운 일이다. 월말 대금 결제
건에서 수치를 틀리는 일이 계속됐고, 결국 경리부의 호
출을 받았다. 배부장은 내 얼굴을 바라보지도 않고 컴퓨
터 화면만 주시한 채 이야기했다.

"지안씨, 지금 뭐 하는 거야? 정신 못 차리는구나."

돌이켜보면 그때 나는 더 뻔뻔하게 나갔어야 했다.

"부장님, 제가 또 실수했어요. 한번만 봐주시면 다음
엔 진짜! 진짜 실수 안 할게요."

하지만 당시엔 엄두를 내지 못했다. 실수를 연이어 저
지르면서 자신감이 훌쩍 내려간 내 마음이 조금씩 허물
어졌기 때문일 것이다.

캄캄한 새벽에 모로 누워 옛 생각에 잠겨 있는 스스로가 멋쩍었다. 자리를 털고 일어나 거실 탁자 앞으로 가서 찻물을 올렸다. 어차피 더 이상 잠을 이루기는 어려울 듯했다. 옆방의 현주 언니가 깰세라 천천히 찻잎이 담긴 유리병에 손을 뻗는데, 실수로 병을 잘못 밀어 바닥으로 떨어졌다.

쨍그랑!

"이번엔 또 뭐야? 또 지안씨야?"

내 자리의 가림막 저 멀리 경리부에서 날카로운 목소리가 들려왔다. 옆자리 누군가가 컵받침을 떨어뜨렸는데 아마도 내가 그랬을 거라고 오해하는 듯했다. 그때 씩씩하게 '저 아닌데요?'라고 했으면 좋았을 텐데. 아니다, 나는 그 시절의 나에게 그저 최선을 다했다고 말해주고 싶다. 그때엔 지금처럼 마음의 여유가 없었을 뿐이다. 냉정히 나를 돌아보지 못하고 나를 향해 손가락질을 하고 험담을 해댔다, 그것도 열심히.

한밤중 도문항의 어느 집 안에서 유리병 깨지는 소리

가 그 시절을 다시 불러왔다. 다행히 현주 언니는 깨지 않았다. 깨진 유리 조각들을 정리하고 찻잎 몇장을 컵에 담아 뜨거운 차를 한잔 우려서 현관문을 나섰다. 생각은 계속 나를 따라왔다.

딱 그맘때부터였을 것이다. 그전에는 대수롭지 않게 넘어가던 작은 부분들까지도 매번 과하다시피 지적을 당했다. 경리부 배부장의 입김이 들어갔다는 이야기가 누군가의 입을 통해 전해졌다. 완벽하게 일을 마치면 될 일이었지만, 공교롭게도 회계 관련된 일에서 계속 크고 작은 실수가 나왔다. 경리부를 지날 때면 또 어떤 일로 지적을 당할까 두려운 마음이 들었다. 간이 콩알만 해졌다. '씩씩한 지안씨'로 자기 암시 주문을 걸던 나는 어느새 사라졌다.

요즘 얼굴에 살이 많이 빠졌다며 왜 그러느냐는 엄마의 말에는 회사가 내 맘 같지 않다며 대충 얼버무렸다. 그 옆에서 아빠는 사회생활이 원래 그런 거라고, 모두가 힘들다고 했다.

"야, 회사는 너 같은 건 안중에도 없어. 쥐 죽은 듯 다녀."

언니는 한술 더 떠 조언인지 조롱인지 모를 말을 건 넸다. 지금 와서 생각하니 언니나 아빠 모두 나를 위해 해준 말이었겠지만, 당시에는 그 말들에 더 쪼그라들었 다. 그래, 그냥 내가 참고 견뎌야 하는 것이구나. 가족들 의 말에 조용히 고개를 끄덕였다. 칫솔을 물고 화장실 거울 앞에 서니 웬 무채색의 인간이 서 있었다.

그렇게 회사와의 가느다란 끈을 이어가다가 5년 차가 가까워지던 무렵 업무 로케이션 발표가 있었다. 대개는 부서 내에서 팀을 이동하는 식이어서 크게 신경을 쓰지 않고 있었는데, 사내 온라인 공지에 내 이름이 쓰여 있 었다.

차지안 영업부 해외영업팀 → 관리부 총무팀.

기가 찼다. 영업부 5년차인 내가 전혀 문외한인 총무 팀으로 가야 한다니. 이건 정말 아니지 않나. 곧장 팀장 에게 찾아가 면담을 신청했다. 회의실에 마주 앉은 팀장은 말이 없었다. 답답한 마음에 내가 먼저 말을 꺼냈다.

“팀장님, 저보고 총무팀으로 가라는 게 말이 되나요?”

“그게, 지안씨, 나도 어제 오후에 퇴근하면서 들었어.”

“그러면 사유는 뭔가요. 제가 팀 내에서 성과가 없는 것도 아니었잖아요.”

팀장은 굳은 얼굴로 말이 없었다. 이유를 설명해달라는 말에도 묵묵히 앉아만 있는 그 모습을 보고 있자니, 이미 답을 들은 것처럼 고개가 끄덕여졌다. 뭘 이해해서가 아니었다. 그저 나는 그때 어떤 끈을, 본래는 굵고 튼튼했지만 이제는 아슬아슬하게 가느다래진 끈을 놓아야 할 때가 되었다는 확신이 생긴 것이다.

“알겠습니다, 팀장님.”

회의실에서 나오자마자 곧장 회사 건물 밖으로 나갔다. 겨울의 끝자락, 바람은 없었지만 차디찬 공기가 나를 멈춰 세웠다. 나는 그 자리에 서서 하늘을 올려다보았다. 아직 많이 남아 있는 학자금 대출도, 올해 도전하려고 했던 해외 지점 파견자 선발도 머릿속에 둥둥 떠다녔다. 어두운 기운이 그대로 나를 덮쳤다.

다 그만하고 싶어.

그날 저녁 퇴근을 앞두고 부서장을 찾아가 사직서를 제출했다. 얼마 뒤 사무실에서 마주친 배부장이 나를 불러세웠다.

"지안씨, 그만둔다면서? 왜 그만둬, 뭐 때문에?"

그 천연덕스러운 말투에 그만 말문이 막혀버렸다. 당신 때문이잖아요. 몰라요, 그걸? 차라리 말을 내뱉었다면 속이라도 시원했을 걸, 나는 끝내 마음속으로만 웅얼거리다 어색하게 인사를 하고 돌아섰다. 그런데 회사를 그만둔 뒤로도 그가 이렇게 계속 꿈에 나타날 줄이야.

섬에서 살아볼래요

"저, 섬에서 혼자 살아볼래요."

도문항으로 내려온 지 한달쯤 지났을 무렵, 영일호 위에서 현주 언니에게 불쑥 말을 꺼냈다. 그날의 새참으로 뜨거운 김이 피어오르는 달걀 껍질을 까는 중이었다. 평소엔 제법 능숙하다고 생각했는데, 그날따라 껍질 벗기기가 여간 어려운 게 아니었다. 조각조각 흩어진 껍질 부스러기가 바람에 나풀거렸다. 고개를 들어 언니를 바라보았다. 언니는 달걀을 손에 든 채 어안이 벙벙한 얼굴로 바라보았지만, 나는 개의치 않고 계속 말을 이어갔다.

"언니가 전에 말했던, 저기 바로 앞에 보이는 섬 있잖아요. 왠지 혼자서도 저기서 살 수 있을 것 같아요."

현주 언니가 손에 든 달걀로 내 머리를 내려쳤다. 껍

질이 부서지는 소리와 함께 나도 작은 비명을 질렀다.

"아프잖아요."

언니는 내 얼굴에서 시선을 떼고 모른 체하며 껍질을 깠다. 언니가 뭐라고 하려나 잠자코 기다리고만 있는데, 느긋이 달걀을 모두 깐 뒤에 언니가 입을 열었다.

"절대 안 돼."

그 기세에 눌릴세라 나는 얼른 주제를 바꿨다.

"언니, 지난번에 이야기한 바다낚시 팀은 언제 온다고 했죠? 미리 준비해야죠."

"선반 맨 아래 서랍에 채비들 모아놨거든. 일인당 열 개씩 챙겨드리고… 이따가 어구점에 가서 낚싯대도 네댓 대 사고, 그 옆 편의점에서 갯지렁이도 넉넉히 사 올래?"

며칠 뒤 서울에서 바다낚시 손님들이 온다고 했다. 언니는 조업이 시원찮을 땐 이렇게라도 배를 굴려야 한다고 말했다. 나는 사람을 상대한다는 게 별로 내키진 않았지만, 한달 가까이 언니한테 배운 낚시 실력을 한번쯤 발휘해보고 싶기도 했다. 살아 있는 생선의 팔딱거림은 아직 익숙하지 않았지만, 낚싯대 채비는 자신 있었다. 특히 낚싯줄 매듭을 맺을 때면 현주 언니는 어디서 배웠느냐며 감탄사를 꼭 한마디씩 덧붙이곤 했다. 그럴 땐 괜히 어깨가 으쓱해졌다. 낚싯대는 목줄을 연결해놓는 것까지 준비하면 된다. 나머지는 낚시꾼들이 알아서 한다.

"이번에는 볼락 낚시 정도로 맞추면 되겠죠?"

"오케이, 낚싯줄 굵기는 1.5호 정도 두툼한 것으로 골라서 놔줘."

나는 능숙하게 매듭을 하나하나 완성했다.

"낚싯줄 매듭을 정말 야무지게 잘 묶네."

칭찬해주는 현주 언니를 바라보니 갑자기 초등학교 시절 수업 시간의 선생님 모습이 겹쳐졌다.

"지안이는 바느질을 참 잘하네. 다들 여기 좀 보세요. 지안이가 만든 가방은 홈질, 박음질, 시침질이 모두 잘 되어 있지요?"

어릴 적부터 엄마에게 바느질과 뜨개질을 두루 배워

서, 실과 줄로 하는 일에는 일가견이 있었다. 뭔가 촘촘하게 잇고, 팽팽하게 잡아당기는 일은 흥미로웠다. 오랜만에 그 느낌을 되살리니 즐겁고 흥이 났다.

"지안이 네가 콧노래까지? 자주 좀 그래 봐."

"언니, 제가 엄마한테 손재주를 물려받았는지 이런 일은 오히려 편해요. 즐겁기도 하고."

잠시 말을 멈췄다가 덧붙였다.

"사람이 어려운 거지, 일은 어렵지 않더라고요."

언니와 나 사이에 짧은 정적이 흘렀다. 나는 그 어색한 기운을 깨고자 다시 밝게 미소를 지은 채 말했다.

"언니, 우리 오늘 휴일인데 무인도 다녀오는 거 어때요? 잠깐 섬 구경만 하고 오고 싶은데…"

"아이고야, 내가 졌다 졌어! 좋아, 그렇게 궁금해하니 다녀옵시다."

그렇게 처음으로 도문항 앞 무인도를 찾았다. 항구에서 배를 띄워 불과 10분 만에 닿는 가까운 거리였다. 언니 이야기로는 섬 한 귀퉁이에서 샘물도 나오고, 바위틈으로 쉴 만한 곳도 제법 있다고 했다. 어느 정도 자연조건이 갖춰져 있어서, 일제강점기 당시에는 어느 일본인이 별장을 지어놓기도 했단다. 텐트를 들고 가서 지내려 했는데 난데없이 집이라니, 뜻밖의 소식에 마음이 들뜨기 시작했다.

섬 동쪽으로 배를 옮기니 과연 깊숙한 안쪽, 숲의 한가운데에 집 하나가 눈에 띄었다. 말끔하게 잘 지어진 집이었다. 그 모습을 보니 더더욱 여기서 한번 살아봐야겠다는 의지가 샘솟았다.

"언니, 저 좀 도와주세요. 저 여기서 혼자 살 수 있을 것 같아요. 이 섬에서 꼭 살아야겠어요."

마치 간청하듯 절박한 톤으로 목소리가 튀어나왔지만, 이미 내 마음속 어딘가에서 자신감이 솟구치고 있었다. 한동안 잊고 지냈던, 아마도 대학 졸업 무렵에 느꼈던 그 감정을 오랜만에 다시 느끼고 있었다. 묘하게 설레기 시작했다. 지난 몇년간의 흐트러지고 어그러진 생활과 그 속에서 끝없이 위축되기만 했던 내가 이렇게 용기를 낸다는 게 나 자신도 조금은 신기하게 느껴졌다.

현주 언니가 어이없다는 듯 고개를 절레절레 저었다.

"저 집을 보고도 혼자 살 생각이 든다고? 정말? 무섭지도 않아?"

나는 눈을 크게 뜨고 고개를 여러번 끄덕였다.

"두손 두발 다 들었다. 알겠어. 그럼 앞으로 며칠 동안 섬에서 살 준비를 해봅시다."

언니 본인은 마을 어촌계에 이야기해두겠으니 나보고는 섬 생활에 필요한 물품을 정리해보라 했다.

"마을분들이 반대하지 않을까요?"

"글쎄. 이 섬에는 아무도 관심이 없는데… 그런 건 염려하지 마. 내가 알아서 잘 말해둘게."

이렇게, 조금은 싱겁게, 무인도 생활의 문이 열렸다.

무인도에서 꼭 필요한 물건

"책, 휴대용 라디오, 그리고 반짇고리… 이게 전부야?"

평소처럼 새벽에 출항한 영일호를 타고 조업을 마친 후 집으로 돌아왔는데, 언니가 내게 그동안 챙겨둔 물건들을 좀 보자고 했다. 나는 언니 앞에 세가지 물건을 내놓았다. 박완서 작가의 소설집, 휴대용 라디오, 반짇고리에는 여러 종류의 실과 바늘을 넉넉히 담았다. 마음 같아서는 갖가지 천을 추가로 더 넣고 싶었지만, 일단은 이 정도로 단출히 꾸려보았다. 언니는 어이가 없다는 듯 실소를 내뱉었다.

"지안아, 이걸 들고 섬에 가면 과연 거기서 살 수 있을까? 이래서 내가 절대 안 된다고 한 거야."

언니는 당장에는 시내에 볼일이 있어 다녀와야 하니 저녁에 섬에 가져갈 물건들에 대해 좀 더 이야기해보자고 했다.

“저녁 먹기 전까지 이 집에서 뭐 들고 갈 것 없나 한 번 둘러봐. 마을 이장님이 직접 담갔다고 매실주 한병 준다니까 가져올게. 이따가 마시면서 이야기해보자.”

향긋한 매실주 소식에 환한 미소를 짓던 것도 잠시, 나는 고민에 빠졌다. 아, 뭐가 더 필요할까. 난 왠지 이렇게만 가져가도 잘 살 수 있을 것 같은데… 섬 전체가 소나무 숲이기도 해서 나무를 구해 불 피우는 것도 수월하지 않을까? 그래도 일단 실생활에 도움이 될 만한 것들을 다시 한번 골라보기로 했다. 소설집과 휴대용 라디오, 반짇고리는 다시 책장에 가져다놓았다.

현주 언니가 저녁상을 내왔다. 쫄깃한 동태살이 들어간 현주 언니표 어만두를 앞에 두고 우리는 가볍게 잔을 부딪쳤다.

“아, 잠깐만. 지안이 너 이런 건 안 먹어봤을 거 같다.”

언니가 시내에서 사 왔다며 톳 줄기 같은 걸 접시에 내놓았다.

“지누아리라고 들어봤으려나?”

“지누아리요?”

처음 보는 해초를 젓가락으로 들어 이리저리 바라보았다.

“강원도 바다에서 흔하게 나는 거야. 옛날에는 지천에 널려 있었고 지금은 예전만큼은 아니지만 어디서나 볼 수 있거든. 이건 장아찌로 담근 건데, 한번 먹어봐.”

톡톡 터지는 탱탱한 식감이 좋았다. 어릴 적에 먹어본 듯 느낌이 났다.

“안주로 제격이네요.”

매실 특유의 달큰한 향이 배어 있는 술 한잔을 입안에 털어 넣은 뒤, 지누아리 몇점을 입에 넣었다. 오독하게 씹히는 와중에 장맛이 진하게 배어 있었다. 밥 반찬으로 제법 어울려 보였다. 언니가 입을 열었다.

“만약에 내가 무인도에 간다고 치자. 그러면 일단 막장이랑 참기름은 꼭 들고 갈래. 바다에는 곧장 먹을 수 있는 해초가 많아. 미역, 김, 지누아리는 기본이고, 모래밭 위쪽으로는 갯방풍도 있어. 그걸 살짝 데쳐서 막장이랑 참기름이랑 조금 쳐서 먹으면 그것도 별미야.”

지누아리는 4월부터 6월까지 갯바위에서 자란다고 했다. 그걸 뜯어서 이틀가량 말리고 장에 담가놓으면 끝이다. 다른 해초들도 그렇고, 모래 위에서 자라는 갯방풍 같은 갯가의 풀들도 마찬가지로 간단히 조리할 수 있단다.

“아까 네가 책이랑 라디오 들고 왔잖아. 물론 그것들도 들고 갈 수 있지. 하지만 중요한 건 밥이야. 한끼를 먹더라도 아무렇게나 대충 때워선 오래 버틸 수 없어. 거하게 차려 먹으란 말이 아니야. 자기가 맛있게 먹을 수 있어야 한다는 거지. 그래서 나라면 막장뿐 아니라 참기름을 꼭 챙기겠다고 한 거고⋯”

언니의 이야기를 들으며 밥을 먹다 보니 어느새 지누아리 장아찌 접시가 절반쯤 비어버렸다. 이 간단한 조리법의 요리가 은근히 입에 맞았다. 덩달아 이장님의 정성이 담뿍 들어간 술도 더욱 달게 느껴졌다. 잔을 주거니

받거니 하다 언니도 나도 취기가 많이 올랐다.

"언니, 그러면 저, 곧바로 짐을 싸볼게요. 섬에 도착한 뒤 며칠은 정말 정신없을 것 같아요. 그때에만 가끔 와 보시고 그 뒤로는 제게 한번 맡겨보세요. 거기서 잘 살 자신 있어요."

"사실 아까 이장님 댁어 가서 내가 그 섬에서 작은 양식장을 준비해보려 한다고 말해뒀어. 일단 반년 동안은 우리가 그 섬을 쓸 수 있게 해준다고 하시더라고."

"와, 정말요? 고마워요, 언니!"

"나도 어릴 땐 몇번 섬에서 살아볼까 생각했거든. 네가 거기서 사는 모습을 지켜보는 것도 재미있을 거 같아. 그래, 한번 부딪쳐봐!"

우리는 대강 술자리를 정리하고 종이와 펜을 가져와서 섬 생활 필수품들을 적기 시작했다.

"1번은, 아까 언니가 말한 대로 막장이랑 참기름."

내가 진지한 얼굴로 막장과 참기름을 적고 있자, 언니가 또다시 어이가 없다는 듯 웃음을 터뜨렸다.

“무인도에서 혼자 산다고 할 때는 그렇게 고집이 세더니. 이젠 말을 잘 들어도 너무 잘 듣네.”

섬에 있는 집을 정리하기 전까지 임시로 지낼 텐트, 침낭, 응급처치용 의약품, 버너와 코펠, 쌀과 부식까지 적고 나서 잠시 숨을 돌렸다.

“지안아, 섬에서 며칠 동안은 미리 챙겨 간 반찬으로 버틸 수 있지만 그 뒤로는 직접 먹을거리를 구해야 할 거야. 나한테 배운 낚시 잊지 않았지? 내가 좋은 낚싯대 챙겨줄게. 그리고 통발이랑 헤드라이트, 갈고리 같은 장비도 들고 가. 그 섬 둘레에 산호초들이 잘 살아 있는 걸 보면 아직 먹을거리가 풍부한 거 같아.”

일단 의식주에 해당하는 걸 챙기고 나자 마음이 놓였다. 한동안은 현주 언니가 배를 타고 섬을 지날 때 섬 북쪽 끝 바위에 물품을 놓아두기로 했다.

“거기를 우리끼리 선착장으로 부르자. 이번에 너를 내려주면서 거기에 못을 박아 고리를 걸어둘게. 앵커까지는 아니더라도 꽤 오래 버텨줄 거야. 필요한 물건이 있으면 거기에 메모를 적어 걸어두어도 좋고."

언니는 마치 이런 제안을 기다리기라도 했다는 듯 착착 계획을 덧붙여주었다. 나도 일을 그르치면 안 된다는 생각에 입을 앙다물었다. 그리고 종이에 몇가지를 더 적어 넣었다.

"박완서 소설집, 휴대용 라디오, 그리고 반짇고리와 천들."

3장
한여름의 색

한번이면 충분해

"요새 왜 자꾸…"

무인도의 바닷가를 혼자 걸으며 간밤의 꿈을 떠올렸다. 꿈에 배부장이 다시 등장했다. 그런데 이번 꿈은 달랐다. 그녀의 통통한 뺨이 술에 어느 정도 취한 듯 불그스레했다. 묵직해 보이는 코트깃을 세운 채 걸어와서는 나를 안아주며 예의 그 쉰 듯한 목소리로 "잘 가. 잘 살아. 안녕!"이라고 했다. 품에 안겼는지, 아니면 안기려다가 화들짝 놀라 뒷걸음질 쳤는지, 나는 그 뒤로 곧바로 꿈에서 깼다.

뭘까, 이 다른 색깔의 꿈은…

두어달 만에 배부장의 꿈을 꾸었는데 그분의 태도가 많이 바뀌었다. 당장에는 왠지 모르게 포근한 느낌마저 들었다. 그 시절을 떠올리기만 해도 진절머리가 났는데 왜 이런 엉뚱한 꿈을 꾼 것일까.

섬에서 지낸 지 두달이 지났는데 옛날 회사 꿈을 꾸면서 깬 게 네다섯번은 되는 것 같다. 우선은 덮고 있던 얇은 이불을 옆으로 치운 뒤 바닥에 앉아서 천천히 숨을 쉬었다. 호흡에 집중하면서 잡념을 떨쳐보려 했는데 자꾸 꿈에서의 배부장 표정이 떠올랐다. 호흡에 이어서 명상을 시작하려다가 아무래도 차분하게 앉아 있기가 어려울 듯해서 현관문을 열고 나섰다.

나를 무척이나 괴롭게 했던 그 사람이 이번 꿈에서는 다정히 나를 안아주다니… 이전 꿈에서처럼 나를 향해 욕이라도 했다면 그러려니 했을 텐데. 여전히 갈피를 잡을 수가 없었다. 그 세계에서는 나도 별수 없었는지, 아마도 웃는 얼굴로 그의 등을 토닥여줬던 것 같다.

"속없기는! 꿈에서라도 한마디 했어야지!"

모래밭의 모래를 괜히 발로 차대며 꿈속 나 자신을 탓했다.

산책에 나선 지 한참 지났을 때였다. 몇시인지 보고

나온 것은 아니었지만, 바다 저 멀리서 푸른빛이 슬며시 비친다. 그냥 오늘은 내처 걸어볼까. 모래밭을 벗어나 오랜만에 섬 전체를 한바퀴 돌아보자. 어차피 오늘은 뭘 해도 제대로 안 될 듯하니 섬을 일주하는 거다!

섬집으로 돌아가서 시계를 보니 새벽 5시 반이 막 지난 때였다. 간단히 주먹밥이랑 물을 챙겨 나왔다. 신발은 걷기에 편안한 운동화로 갈아 신었다. 매일같이 샌들만 신었지만 갯바위를 여러번 밟아야 하니 앞코가 튼튼하고 밑창이 두툼한 신발이 제격이었다.

자, 그럼 어느 쪽으로 가볼까. 정처 없이 걷더라도 일단 방향은 정해야 했다. 현관문 앞에서 잠시 멈춰 생각했다. 북쪽으로 가면 아마도 돌아올 때쯤에 8월의 뜨거운 해와 마주할 게 분명했다. 더군다나 이 섬에서 유일하게 흙길이 없는, 갯바위로만 이뤄진 바위고개를 넘어야 했다. 바위고개 중간 어디쯤부터는 아예 수영으로만 길을 건널 수 있다. 더 고된할 것 없이 남쪽으로 첫발을 디뎠다.

　해변의 모래밭과 소나무 숲 사이의 길로 걸음을 옮겼다. 처음부터 익숙지 않았다. 아직은 어슴푸레한 새벽이었기에 헤드램프를 켰다. 빛이 비치자 눈앞에 부옇게 수많은 먼지를 머금은 공기가 나를 맞았다. 바다 주변의 소금기가 섞여서일까, 아직 마음에서 훌훌 털지 못한 짐 때문일까. 공기가 평소보다 더 무겁게 느껴졌다. 그 사이를 휘젓는 나의 팔은, 다행히 느낌이 좋았다. 좀 더 높이 팔을 들어보니 왠지 몸이 시원해지는 듯했다. 가방 속 주먹밥과 물통이 찰찰, 적당히 박자를 맞춰주었다. 처음과는 다르게 호흡도 차분해지는 느낌이 들었다.

　입을 오므리고 숨을 내쉬기를 반복. 숨을 쉬면서 호흡의 강도를 스스로 점검해보았다. 호흡에만 집중하다 보니 한결 마음이 가벼워졌다. 문득 내 눈앞의 소나무 숲이 선명히 눈에 들어왔다. 처음 당차게 섬에 들어와 살겠다고 했던 몇개월 전보다 푸른빛이 더 짙어져 있었다. 잎이 진해지고 풍성해질수록 나뭇가지가 그 안에 가려지는 것처럼, 내게도 이리저리 뻗친 곁가지를 감싸줄 수 있는 잎들이 더 많아졌으면 싶었다.

남쪽으로 향하는 길은 역시나 평탄했다. 굳이 보폭을 넓히지 않더라도 금세 남쪽 끄트머리에 다다랐다. 때마침 해가 하늘로 솟아오르고 있었다. 이미 주변이 조금씩 달궈지는 듯했다. 나는 손수건을 꺼내 머리에 동여맸다. 앞뒤로 마구 젓던 팔은 어느새 미역 줄기처럼 흐느적대고 있었다. 날이 밝아져서인지 아니면 본래 꿈이란 것이 잘 잊히는 것인지, 간밤의 뒤숭숭했던 꿈자리가 무심히 떠올랐다가 사라졌다.

섬의 서쪽을 걸을 차례였다. 그때부터는 조금씩 길이 고부라져 소나무 숲과 갯바위 사이를 오르고 내리는 일이 반복되었다. 머리에 동여맨 손수건 사이로 땀이 톡톡 떨어졌다. 무심하게 떨어지는 체력에 잡념이 끼어들 틈이 없었다. 그저 걷는 행위에 집중할 뿐이었다.

모래밭이 나온 길목에 짐을 내리고는 신발과 양말까지 벗고 잠시 물속으로 뛰어들었다. 땀에 절여져 짜디짜진 내 몸을 물에 담그려니 조금 미안해지기도 했다. 지난 수억년 동안 지구상의 모든 생물이 몸을 씻어대서 이렇게 소금기가 많아진 거 아냐? 더위를 먹은 것이 분명한 것 같다는 생각에 얼른 짐을 챙겨 일어났다.

점점 북쪽을 향해 발걸음을 옮길수록 삐죽 솟은 갯바위들이 눈에 들어왔다. 경사가 급한 바위들을 빼고 그나마 걸을 만한 평평한 바위에는 섭이 새카맣게 하나의 밭을 이루며 붙어 있었다. 그 아래 바다로 헤엄쳐 가자니 랜턴과 짐이 걸리적거릴 게 뻔했다. 그렇다면 섭밭을 걸을 수밖에.

섭밭에 발을 디디자마자 발이 주욱 미끄러졌다. 피할 틈도 없이 오른쪽 무릎 아래가 전부 껍데기에 긁히고 쓸렸다. 피가 주르륵 흐르는 모습을 보니 짜증이 몰려왔다. 손바닥으로 바닷물을 받아서 쓰라린 무릎에 몇차례 뿌려대니 으악 소리가 절로 났다. 정오에 가까워지면서 해가 머리 위에서 강하게 내리쬐어 무릎의 상처가 그대로 햇살을 맞았다. 섭 껍데기에 긁힌 부분이 마치 조각도로 고무판을 긁어낸 것처럼 삼각기둥 모양으로 날카롭게 들뜨기 시작했다.

"조금씩, 조심해서 갔어야지. 무작정 발을 디디면 다치지, 내가 이렇지 뭐."

자책하며 주먹을 쥐고 쿵쿵, 머리를 때렸다. 그러다 막상 과거와 똑같이 내가 나를 향해 손가락질하고 비난하고 있다는 생각이 들었다. 내가 스스로에게 가진 적의가 여전히 이렇게 컸던가.

눈물이 핑 돌았다. 남들에게도 혼이 나는 게 싫은데, 내가 나를 아껴주지는 못할망정 매번 남보다 더 모질게 대한다는 생각에 마음이 아팠다. 무릎의 피를 닦던 손으로 눈을 훔치니 눈물과 핏물이 뒤섞여 말 그대로 손이 피범벅이 되었다. 나는 그만 전의를 상실한 군인이 된 것처럼 털썩 주저앉아 울기 시작했다.

슬프기도 하고 조금은 억울하기도 했다. 나는 오래전 어떤 실패를 계속 곱씹는 중인지도 몰랐다. 난 여전히 어딘가 모자란 사람 아닐까, 혼이 날 만한 사람 아닐까. 그래서 조금만 발을 헛디뎌도 울컥했다. 그리고 가끔은,

이 정도면 잘해내고 있는 것 아니냐는 억하심정이 벌컥 치솟을 때가 있었다. 이 정도면 됐지, 얼마나 더 완벽하게 해야 하는 건데! 꿈에 배부장이 나와서인지 억울한 감정이 내내 나를 압도했던 것도 같다.

얼마나 울었을까. 바다직박구리가 내 울음소리를 흉내 내듯 끼이— 끼이— 스리를 내며 스쳐 지나갔다. 저 멀리서는 갈매기들이 무심히 나를 바라보고 있었다. 한참을 통곡하고 나니 마음에서 무거운 소금기가 다 빠져나간 듯했다. 피도 어느새 멎었다.

자리에서 일어나 짐을 챙겨 들고는 소나무 숲으로 들어섰다. 고개를 넘기 전에 잠깐 뒤를 돌아보았다. 푸른 물결 속에서 섭밭이 어슴푸레 보였다. 진한 푸른색으로 넓게 퍼져 있는 섭밭이 바닷물과 제법 잘 어울렸다. 앞으로는 잘 디뎌보고 걸어야지. 이번에 한번 겪어봤으니 무릎이 다시 까져도 오늘처럼 아프지는 않을 거야. 다시 한번 팔을 힘차게 휘두르며 걸었다. 마침 숲에서 불어온 바람이 시원하게 팔뚝과 어깨를 훑어주었다. 누군가의 포근한 품처럼 느껴져 나도 모르게 두팔을 벌렸다. 간밤의 꿈속 목소리가 다시금 떠올랐다.

"잘 가. 잘 살아. 안녕!"

태풍

배들이 섬을 지나고 있구나. 눈이 떠졌다. 새벽 5시를 전후로 그들은 어김없이 항구로 복귀한다. 그 배들의 빛이 모두 육지로 돌아간 뒤에 섬집의 전등을 켤 생각으로 캄캄한 방에서 눈만 끔벅이고 있었다. 그나저나 바다는 망망대해에 켜지는 섬집의 이 불빛이 반가울까?

슬쩍 졸음이 몰려와 다시 이불을 뒤집어쓰려는데, 섬을 지나는 배들끼리 무전으로 주고받는 이야기가 들릴락 말락 했다.

"빨리, 빨리!"

다급함이 느껴지는 소리가 날아와 귀에 꽂혔다. 뭔 일인가 싶어 눈이 번쩍 뜨였다.

"아이코, 쓰리다."

얼른 나가볼 생각으로 급하게 일어나면서 무릎을 의

자 모서리에 부딪혀버렸다. 며칠 전 섬을 일주할 때 쓸리면서 생긴 상처가 그대로 들떴나 보다. 상처 위에 연고를 듬뿍 바르고 새 반창고로 바꾸면서 보니 아물려면 며칠은 더 걸릴 듯했다. 이번에는 반창고 위로 거즈를 한번 두르고 단단히 맸다.

섬집을 나와서 선착장으로 향하는데 바람이 제법 불었다. 여름의 훈훈한 공기에 바람이 더해지니 묘한 기운이 감돌았다. 파도가 아주 높진 않지만, 저 멀리 수평선 쪽에 자글자글 잔주름이 많이 가 있었다. 한번씩 큰 바람이 바다를 강타했던 것이다. 선착장에 들러 현주 언니의 반찬들을 양손에 쥐고 집으로 돌아오는 길 내내 머리카락이 얼굴을 뒤덮어 마치 술 취한 사람처럼 휘청휘청 걸어야 했다. 집 앞에 당도하니 웬걸, 대문이 열려 바람에 앞뒤로 흔들리고 있었다. 제멋대로 움직인 건가, 아니면 내가 제대로 닫지 않은 건가.

반찬 꾸러미를 풀어헤치며 언니의 메모지부터 찾았다. 언니의 다정한 글은 언제나 내게 힘을 주기에, 이번에도 잔잔한 기대를 안고 펼친 메모에는 뜻밖의 이야기가 적혀 있었다.

"지안아, 태풍이 우리 마을을 지난대. 오늘 저녁에 비바람이 가장 심하다니까 선착장 물건이랑 낚싯대, 통발 모두 들여놔. 문틀도 잘 살피고."

걱정이 묻어난 어투에 머리보다 몸이 먼저 움직였다. 부랴부랴 대문을 열고 나가서 풍향계를 보니 화살표가 남에서 북으로 향한 채 움직이지 않았다. 남쪽으로 얼굴을 돌리자 내 머릿결도 모두 북쪽으로 휘날렸다. 보통 센 바람이 아니었다. 그런데 저녁엔 이것보다 더 거세진다고?

마음이 들뜬 듯 불안하고 뒤숭숭했다. 방 안을 이리저리 서성이다가 일단은 진정하자 싶어 찻물을 올렸다. 평소처럼 원두를 갈아 커피 한잔을 내리고, 잔을 손에 든 채 창가로 다가갔다. 섬집의 창문은 아직 간혹 덜컹거릴 뿐, 크게 흔들리지는 않았다. 잔을 입에 대고 커피를 천천히 한모금 넘겼다. 쓰쓰레한 맛이 평소와 다를 바 없었다. 그래, 나도 다시 한번 평소처럼 담담히 이 시간을 건너보자.

커피를 마시고 밥을 안쳤다. 컵의 절반이 조금 넘을 정도로 쌀을 담으면 내 한끼 분량이 된다. 그걸 냄비에 붓고 물을 1센티미터 좀 안 되게 부었다. 그저 눈대중으로 하는 것이지만 매번 그럭저럭 잘된다. 그러고는 센 불로 끓이면 얼마 안 있어 보글보글 거품이 일면서 쌀알들이 정신없이 움직인다. 그때부터 숟가락으로 내내 저어준다. 밥물이 졸아들 때까지 젓다가 밥알만 보일 때쯤에 불을 약하게 조절하고 뚜껑을 닫는다. 그렇게 5분간 끓인 후 불을 끄고 약간만 더 뜸을 들이면 된다.

밥을 뜨고 언니가 갖다준 반찬 중에서 명태회무침을 골라 식탁 위에 올려놓았다. 양념이 잘 배어 짭조름하고 씹히는 맛이 약간 차진 듯 졸깃졸깃했다. 다만 오롯이 맛만을 즐기는 게 쉽지 않았다. 나도 모르게 언니의 메모지를 계속 바라보게 되었다. 오는 태풍을 막을 순 없을 테고, 어떻게 무엇을 대비한담.

설거지를 하려는 찰나. 후두둑 소리가 이어졌다. 창을 열어보니 굵은 빗방울이 바닥을 세차게 때리고 있었다. 저걸 머리에 맞으면 꽤 아프겠는데. 우비 입고 모자도 따로 써야겠네… 혼잣갈을 하며 밖으로 나갈 채비를 했다. 샌들의 밴드를 잡아당겨 단단히 붙이고, 모자 뒤끈도 끝까지 조여 맸다. 우비 허리끈도 두번이나 묶고는 문을 열었다. 용감하게 빗속으로 출발했다.

굵은 빗줄기가 바람에 흐트러져 마치 분무기의 물처럼 눈앞에 흩뿌려졌다. 흐린 눈으로 간신히 앞을 가늠하며 선착장으로 향했다. 바위에 박힌 기둥을 꽉 잡고 한번 세게 흔들었다. 다행ㅎ 미동도 없었다. 기둥에 묶인 줄들을 잡아당겨 하나씩 뭍으로 꺼냈다. 통발 세개를 들어서 일단은 모래밭 안쪽으로 옮겼다. 통발이 바람에 제멋대로 움직이며 굴렀다. 다시 달려가 하나하나 바람결에 맞춰 세워두지만 다들 제멋대로 춤을 추듯 도망쳤다. 갯바위까지 굴러가버린 녀석들도 있었다. 숨을 몰아쉬며 다시 집어들다가 문득 생각했다. 오늘, 만만치 않겠

는걸.

모래밭 바위틈에 끼워둔 것들까지 통발 일고여덟개를 들고 섬집 앞까지 오르락내리락하니 벌써 기운이 빠졌다. 그 와중에 비는 점점 더 거세지는데 텃밭도 챙겨야 했다. 텃밭으로 가는 길은 이미 진창이었다. 겨우 텃밭에 도착하고 보니 심어놓은 작물들이 힘을 잃고 모두 축 늘어져 있었다. 토마토는 온 사방으로 떨어져 점점이 박혀 있었다. 밭의 어두운 채도에 토마토만이 그 색을 빛냈다. 토마토 옆을 보니 상추와 깻잎이 구원의 손길을 바라는 듯 바람에 흔들렸다. 들고 간 삽으로 물길만 좀 더 깊이 내줄 뿐, 당장 내가 할 수 있는 일이 없었다.

잔뜩 성난 바람에 등이 떠밀려 집 안으로 들어섰다. 우비를 입고 다녀오긴 했지만 군데군데 빗물이 새어 들어 몸 이곳저곳이 꿉꿉했다. 무릎의 상처를 감싼 거즈는 이미 너덜너덜했다. 한여름이긴 하지만 벽난로를 켜서 온 집 안의 습기를 말리기로 했다. 나무를 옮겨다 놓고 그 아래 종이 몇장을 태워 불을 지폈다. 나무에 불이

붙으며 종종 작은 폭음처럼 펑 소리를 냈다. 집 바깥에서도 펑펑 소리가 연이어 나면서 바람이 세차게 창문을 두드리고 갔다. 뉴스로만 보던 태풍의 위력이 몸으로 느껴졌다. 그제야 정말로 실감이 났다.

우비를 벗고 몸을 조금 덥히자 기운이 조금씩 났다. 이제는 창문들을 살펴볼 시간. 바람이 불 적마다 덜컹이며 흔들리는 창문으로 다가갔다. 상자 종이를 잘라서 창문틀 곳곳 빈틈에 끼워 넣었다. 창문은 마치 결박된 것처럼 어느새 옴짝달싹 못 하게 됐다.

잠자리에 누울 시간이 되었는데 바람은 오히려 심해졌다. 낮의 바람은 댈 것도 아니라는 듯 거센 비바람이 집을 뒤흔들기 시작했다. 휘리릭 휘파람 같기도 하고, 경고음 같기도 한 바람이 끊이지 않고 이어졌다. 집 밖에서 뭔가 구르는 소리가 연이어졌는데 통발들이 이리저리 날아다니다가 어디론가 처박힌 거 아닌지 모르겠다. 텃밭은 이튿날 아침에 가봐야 상태를 알 수 있을 듯했다. 거센 바람에 집 주변의 나무가 쓰러져 그대로 지

붕을 덮칠지도 모른다는 생각에 자꾸 마음이 불안했다. 안절부절 방안을 서성이다가 침대에 걸터앉았다. 시간은 이미 자정을 훨씬 넘긴 때였다. 아무래도 뜬눈으로 밤을 지샐 것 같았다.

태풍이 지나간 후

사방이 고요했다. 간밤에, 설핏 잠이 들었다 깼다를 반복하다가 잠이 들었다. 마지막으로 시계를 확인한 때가 새벽 2시였다. 그즈음부터 바람이 잦아들면서 편한 잠을 잔 것 같다. 그리고 평소보다 한시간 늦게 6시에 일어났다.

기지개를 켤 틈도 없이 부랴부랴 창가로 갔다. 밖을 내다보니 통발들이 온데간데없이 사라져버렸다. 집 앞 개수대에 단단히 붙들어 매놓는다고 했는데 내 손아귀 힘이 참 보잘것없구나. 그래도 바다로 빠진 게 아니라면 언젠가는 찾겠지? 혼잣말을 하면서 휘휘 집 앞을 둘러보는데 통발들이 정말 어디로 갔는지 보이지 않았다.

걱정이 앞서 서둘러 대문을 나섰다. 어둑한 하늘 아래, 습한 바람이 여전히 세차게 불어왔다. 먹구름이 금

방 걷힐 것 같지 않았다. 텃밭에 도착하자 바닥이 난장판이었다. 이리저리 뒹굴다 짓이겨진 열매들이 괜히 안쓰러웠다. 상추와 깻잎이 축 늘어지고 꺾여 있는 것을 보고 있으니, 사실상 여름 텃밭은 끝이라는 생각이 들었다.

텃밭 옆에 쪼그려 앉았다. 조금은 허탈했다. 매일같이 와서 물을 주고, 흙을 다듬고, 잡초를 뽑던 이 작은 땅이 한순간에 와르르 무너져버렸다는 게 믿기지 않았다. 빈 속이어서 그런 건지, 속이 상해서 그런 건지 배 한쪽이 쓰렸다. 허리를 움츠린 탓인가 싶어 몸을 곧추세워 일어나다가 순간 발을 헛디뎠다. 쿵, 엉덩방아를 찧는 소리와 함께 진흙 위에 그대로 주저앉았다.

"아…"

바지는 이미 흙투성이. 뒤늦게 바닥에 손을 딛고 일어서려는데 계속 미끄러지기만 했다. 잠시 그대로 앉아 일단 손가락 사이의 진흙을 골라냈다. 이런 내 처지를 보고 있자니 마음속 깊이 가라앉아 있던 우울감이 몰려왔

다. 나를 일으켜 세워줄 이가 아무도 없다는 게 서글퍼

서였을까.

코끝이 찡해지려는 찰나, 엉덩이에 깔려 뭉개진 토마

토 몇알이 보였다. 바지에 붙은 토마토를 떼어내면서 보

니, 몇몇 알갱이는 내 엉덩이 아래서도 그 모양을 잘 유

지하고 있었다.

그중 하나를 들어 살펴보니 탱글탱글 단단히 잘 여물

었다. 그만큼 내가 농사를 잘 지은 건가 싶어서 어수선

한 와중에도 뿌듯했다. 발아래를 바라보니 아직 덜 익은

토마토들과 이미 푹 익은 것들이 뒤섞여 색색이 아름다

워 보이기까지 했다. 열매를 발로 밟을세라 살금살금 자

리를 옮기며 하나씩 천 가방에 담았다. 푸릇푸릇한 토마

토는 장아찌를 하기에 좋다. 절반은 창가에 일렬종대로

세워놓고 볕을 며칠간 쐬어줘야지. 조금 붉은 빛이 돌

면, 썰어서 파스타에 넣어야지.

토마토를 가득 채운 가방을 집에 가져다놓고 옷을 갈

아입었다. 그러고는 진흙투성이 옷을 바닷물에 헹굴 생

각으로 집 밖을 나섰는데, 해변을 보니 입이 떡 벌어졌다. 쓰레기들이 많이 몰려왔을 것이라곤 이미 각오했지만, 이건 많아도 너무 많았다. 손에 쥔 옷은 내려놓고 일단 페트병과 부표 같은 플라스틱 덩어리들을 보이는 대로 집어서 모래밭 위 언덕 한편으로 던져놓았다. 하루로 끝날 일이 아니었다. 플라스틱만 일단 잘 모아서 묶어놔야지 생각하며 큰 것들 위주로 옮겨놓았다.

쓰레기를 들어내자 그 아래에는 온통 해초투성이였다. 어제 온종일 바람이 뒤흔들어서일까. 파도가 거세게 몰아치면서 물속이 몇번이고 뒤집혔는지, 본래에는 바닷속에 있던 미역이며 다시마, 고리매가 다 같이 뭍으로 밀려온 것 같았다. 그 사이에 반짝이는 것들도 눈에 띄었다.

자세히 보니 백합조개. 이게 웬 횡재냐 싶었다. 모래가 계속 밀려오고 밀려나는 통에 바닥 깊은 곳에서 지내는 조개들이 그대로 뭍으로 올라온 모양이었다. 섬집으로 가서 가방을 챙겨올까 하다가 잠시 멈춰 생각했다.

한여름에 수많은 조개를 가져가봤자 내가 다 먹을 수 없다. 딱 오늘 점심에 먹을 만큼단 들고 가자. 모자를 벗어 한개씩 고이 담았다. 여섯, 일고여덟, 아홉, 열. 딱 이만큼 넣고 입을 삐쭉거리다가 열개를 더 넣었다. 조개들 입장에서는 꽤 야속했을 것이다.

나머지는 모두 바다로 던지기로 했다. 혹시라도 조개가 다칠까 멀리 던지지 않고, 바로 코앞의 바다로 슬쩍 던졌다. 조개들이 작게 물거품을 내며 사라졌다. 욕심 부려 담았던 모자 속 스무개의 조개 중에서도 절반은 다시 바다로 돌려보내기로 했다. 아쉬움을 떨쳐내려 이 녀석들은 좀 더 손을 뻗어 멀리 던졌다. 퐁, 퐁, 퐁… 저 멀리서 작게 환호성이 들렸다.

텃밭에서 주워온 토마토들, 그리고 방금 주운 조개들. 이렇게 알찬 점심거리를 마련했다. 마늘이랑 재료들 넣고 먼저 볶다가 면을 넣어서 파스타를 만들어야지. 그 감칠맛을 생각하자 입에 군침이 돌았다. 허기가 몰려왔지만, 11시도 채 되지 않은 시각. 일단은 모래밭에 앉아 잠시 쉬어 가기로 했다.

고개를 들어 하늘을 보니 먹구름은 여전히 빠르게 동쪽을 향해 움직이고 있었다. 하릴없이 단전으로 숨을 모았다가 내보내는 호흡을 했다. 기대만큼 그 순서가 쉽게 익숙해지진 않았다. 통발이 어디 갔을까. 상추가 다 죽어버렸는데 큰일이네. 생각들이 어지럽게 떠다녔다.

"구름들아, 내 잡념도 가져가줘."

불쑥 속에 있던 말이 튀어나왔다. 복잡한 머릿속을 비우고 또 비웠으면 하는 바람이었다. 그 와중에도 깊이 숨을 마셨다가 내쉬기를 멈추지 않았다. 먹구름과 함께 동쪽으로 향하던 바람이 나를 쓰다듬어주었다. 거대한 기류 아래에서 소나무 가지들이 하나같이 깃발처럼 펄럭이며 웅장한 굉음을 더했다. 지구가 만들어내는 장관을 보며 경외감을 느꼈다. 어지러운 생각들이 조금씩, 아주 조금씩 나에게서 빠져나가는 듯한, 사실은 그저 나의 바람일 뿐이지만, 그런 느낌을 받았다.

안부를 묻는 일

창가를 스친 빛이 번쩍이며 사방으로 흩어졌다. 멀리서 현주 언니가 안부를 전했다. 새벽 조업을 마치고 항구로 복귀하면서 내게 신호를 보냈던 것이다. 우리는 거울 인사를 이렇게 하기로 정했다. 우선 둘 중 하나가 답장을 할 때까지 거울로 계속 신호를 보낸다. 팅, 팅, 팅, 팅… 상대방이 거울 신호를 알아차리고 한번 '팅' 다시 거울을 비추면 그 뒤로 대화가 시작된다. 대개 이런 식이다.

팅, 팅, 팅. (잘 지내?)

팅, 팅. (넵넵)

팅, 팅, 팅. (그래, 잘 지내라)

팅, 팅. (넵넵)

누가 들으면 이게 무슨 안부 인사냐고, 너무 싱겁다고들 할 것 같다. 하지만 나는 내가 살아 있음을 또박또박 알려주는 무언의 간결한 대화가 좋다. 주고받는 신호가 끊기고 나면 고마운 마음에 거울을 한번 쓰다듬는다. 바람으로 거칠해진 내 얼굴을 빤히 바라보기도 한다. 섬에 들어온 뒤로 자외선을 많이 쐬어서인지, 도시에서는 보이지 않던 작은 점들도 많이 생겼다. 못났다고 큭큭거리면서도 오랜만에 보는 내 모습이 썩 맘에 든다.

아침부터 부지런을 떨며 모래밭에 낚싯대를 네개나 꽂아두었다. 8월에 들어선 뒤로 고기들이 영 낚이지 않았는데, 며칠 동안 숭어 떼가 인근의 하천을 오가는지 몇마리씩 잡히곤 했기에 조금의 기대를 안고 낚싯대를 드리웠다. 마침 시야에 숭어 떼로 보이는 검은 점들이 푸른 물결 속에서 깜박였다. 그러고 얼마 지나지 않아 낚싯대가 흔들렸다. 왠지 느낌이 좋았다. 반나절 동안 딱 다섯마리만 잡아보자고, 그것들을 잡고 나면 횟감부터 만들고 탕, 조림용으로 나눠야겠다고 생각했다.

낚싯대를 드리운 지 한시간쯤 되었나, 그중 하나가 움찔거렸다. 그릇을 내려놓고 낚싯대로 달려가 급히 낚아챘다. 릴이 바쁘게 돌아가고 줄도 쉴 새 없이 풀어졌다.

어떤 물고기일까. 아령을 든 것처럼 묵직한 무게감이 전해졌다. 물러설 수 없었다. 몇차례 실랑이 끝에 드디어 모습을 드러낸 그것은 연한 검정색 점이 점점이 박히고 몸통 가운데에 불그스름한 빛이 도는 물고기였다. 모래 위로 올라와서도 여전히 탄력 있게 뛰는 모습에 감탄이 나왔다.

일단 그 녀석을 물이 담긴 통에 넣고 낚싯대를 그대로 둔 채 섬집을 향해 달렸다. 문을 열고는 바닷물고기 도감을 찾아 빠른 속도로 넘겼다.

"아, 뭐더라, 저게… 몸통은 연한 붉은색에 회색인지 검정색인지 점이 군데군데 박힌… 아, 찾았다, 송어!"

이름을 알았다는 즐거움도 잠시, 곧장 다시 해변으로 달렸다. 낚싯대에 다른 녀석들이 잡혔을 수도 있으니까.

그대로 두면 낚싯대 통째로 끌고 들어갈 수도 있다. 열심히 달리는 와중에 머릿속에 물음표가 그려졌다. 송어가 웬일로 여기까지 왔을까? 옆마을에서 작년부터 송어양식을 시작했다고 들었는데, 거기서 탈출한 녀석일까. 그게 아니라면…

집에서 들고 온 물고기 도감을 펼쳐 송어에 대한 설명을 마저 읽었다. 송어는 저 멀리 러시아의 캄차카반도에서 해변을 따라 쭉 내려와 이곳 동해를 거쳐, 다시 저 먼 북쪽의 홋카이도로 향한다고 했다. 송어는 종착지에 도착해 아마 강을 거슬러 육지의 틈으로 들어가 상류 어딘가 알을 낳고 자신의 몸을 눕힐 일정을 짜고 있었을 것이다. 그 여정의 중간 기착지로 우리 섬을 고르고 잠시 쉬고 있었을 텐데…

솔직히 송어에 대한 미안함은 아주 잠깐의 감상이었다. 송어는 잡자마자 곧바로 손질을 해둬야 그 맛이 오래 유지된다고 쓰여 있기에, 감상 따위는 접어두고 얼른 손질을 시작했다.

배를 가르자 붉은 살이 드러났다. 바닷물에 두세번 담 갔다 빼서 살을 깨끗이 하고는, 다시 집으로 달려가 이 번에는 소금과 종이를 들고 왔다. 훈제를 하려면 염장 부터 해야 한다. 굵은 소금을 뿌려놓고는 소나무 그늘 에 한시간 넘게 두면 된다. 섬집 옆 숲에 가서 송어를 올 려놓고는 그 위에 살짝 종이를 덮어두었다. 오늘 저녁은 훈제 송어다!

막상 귀한 송어를 훈제로 먹자니 그 방법이 헷갈렸다. 불을 때면서 그 위에 올려놓았던 것 같기도 하고… 나 는 일단 떠오르는 방식 두가지를 다 써보기로 했다. 하 나는 장작 위에 올려서 그 열기로 익히는 것이고, 다른 하나는 솔가지를 태워 그 향을 입히는 것이었다.

장작에 불을 붙이는 건 여전히 어려웠다. 연기가 몸에 잔뜩 배어서 매번 내가 훈제되는 것만 같았다. 그러니 송어도 훈제가 잘되지 않을까. 옆에서 솔가지까지 같이 태우려니 주변이 완전히 매캐한 연기로 가득 찼다. 제 아무리 바닷바람이 거세다 해도 짙은 연기를 단번에 흩어내지는 못했다. 한쪽에서는 장작불을 살피고, 다른 한쪽으로는 솔가지 불을 살피려니 정신이 없었다. 그래도 그 와중에 송어가 익어가는 향이 배어 있어서 참을 만했다.

훈제 송어는 아주 맛있었다. 솔향을 깊이 배게 하느라 요리에 네시간이나 걸렸으니 맛이 없을 수가 없었다. 배가 고픈 나머지, 본래 그 위에 뿌려 먹으려던 올리브유는 그대로 둔 채 껍질째 먹어치웠다. 송어를 올린 접시가 순식간에 바닥을 보였다.

송어의 맛을 보아서일까. 종착지를 향해가는 송어의 여정을 중간에 잘라내서일까. 오랜만에 가족들 꿈을 꾸었다. 내 몸 안의 송어가 나를 다시 어린 시절의 땅으로 데려다준 것처럼. 꿈속에서 나는 저 멀리의 가족들을 향해 걸었다. 아빠와 엄마 그리고 언니가 나를 향해 손을 흔들고 있었다. 나도 손을 흔들어 인사를 건네려는 순간, 현실로 돌아와버렸다. 내가 있는 곳은 이곳 섬 한가운데 작은 집, 캄캄한 방 안이었다.

나 또한 돌아가지 못했구나, 그들에게 닿지 못했구나.

잠에서 깨어 잠시 동안, 서쪽을 향해 거울을 비스듬히 들었다 내렸다 했다.

"팅, 팅."

입으로 소리를 내어 언제나 보고 싶은 사람들에게 안부를 전했다.

쌉싸름하면서 청량한

쏴아— 쏴아— 아침에 일어나니 빗소리가 제법 컸다. 간밤에 계속 내렸는지 집 안 공기가 선선했다. 팔뚝을 만져보니 기분 좋을 정도로 촉촉했다. 한여름에 이런 상쾌한 아침이 얼마 만인지!

일단은 찻물을 끓이고 자리에 앉았다. 어젯밤에 얼굴에 붙이고 잔 오이가 툭 떨어졌다. 그 아래 내 얼굴이 매끄러워진 것도 같고 아닌 것도 같고… 선크림이 바다 생물에 좋지 않다는 말을 들은 뒤로는 매일 아침 아주 살짝만 바르고 있다. 때마침 오이가 풍년이라 무쳐도 먹고 생으로도 먹는데 많이 남았다. 그래서 피부 관리도 할 겸 가끔 자기 전에 얼굴에 오이를 붙였다.

비도 추적추적 내리겠다, 파도는 높겠다, 오늘은 바다에 나가지 말고 집에 있을까 생각했다. 마침 휴대용 라디오에서 쇼스타코비치 왈츠 2번이 나왔다. 워낙 좋아하는 곡이어서 전주가 나오는 순간 벌떡 몸이 일으켜졌다.

트럼펫 소리가 서서히 울려 퍼지다가 마치 춤을 추라고 권하는 듯 3박자로 이어졌다. 간밤에 읽다가 졸려서 아무렇게나 내려놓은 박완서 소설집을 들어서 책갈피가 끼워진 대목을 다시 펼쳤다. 오래전에 밑줄을 그어놓은 대목에서 '열등감'이라는 단어가 눈에 들어왔다.

난 여기에 왜 밑줄을 그어놓았을까. 그 시절에는 열등감에 꽂혀 있었던 듯하다. 그 감정을 나 혼자만이 아닌, 좋아하는 작가와 똑같이 느꼈다는 데서 이상하리만치 위안을 얻었다. 누구에게나 열등감이 있고 그 감정을 다독이려는 마음도 있겠지. 그걸 종종 잊고는 나만 그렇다고 생각하며 살 때가 있다. 심지어 나 혼자뿐인 이 섬에서조차. 그럴 때엔 잠자코 있자. 누구나 다 그렇다는 걸 되새기자.

상념이 얼마나 오래 이어졌을까. 어느새 연주는 끝이

났고 스피커는 잠잠했다. 차를 마시며 음악을 듣는 근한 시간 가까이 책 속에서 조용히 잘 쉬었다. 창밖을 보니 빗줄기가 한층 가늘어졌다. 우비를 입고 텃밭에 가서 풀을 뽑기에 딱 좋은 날씨였다.

비가 언제 왔냐는 듯 갑자기 뜨거운 햇볕이 내리쬘지 모를 일이니 곧장 밭으로 나갈 채비를 했다. 긴 바지 대신 반바지를 고르고 장화를 챙기려다가 꿉꿉할 듯해서 샌들을 신었다. 우비를 걸치고 야구 모자를 눌러썼다. 삽과 호미, 장갑까지 챙기니 어수선한 텃밭 출정 준비 끝이다.

`내 차림새와 준비물을 보고 있자니 슬며시 웃음이 났다. 농사짓는 분들이 본다면 혀를 끌끌 찰 모양새지만 어차피 나 혼자만의 텃밭 가꾸기인데 누구를 신경 쓸 일이랴.

섬에서 혼자 지내면서 좋은 것 중 하나는 내 멋대로 입을 수 있다는 점이다. 올해 초까지만 해도, 그러니까 이 섬에 들어오기 전까지만 해도 나는 겉모습에 꽤 신경을 쓰는 사람이었다. 가벼운 차림이 이렇게 좋다는 것을 여기 와서야 알았다. 땡볕이면 그에 맞게 더욱 가볍게, 날이 궂으면 궂은 대로 따뜻하게 입는 것이 좋았다. 며칠 전에는 바닷물에 비치는 내 모습을 보고 이 정도면 아름답네, 혼잣말이 나왔다. 파도에 일렁이는 내 얼굴과 온갖 해초, 모래알, 구름과 하늘이 그야말로 조화로웠다. 한참 몸을 구부린 채 물에 비친 모습을 바라보는 내가 그 자체로 나다워서인지 웃음이 났다.

밖으로 나서니 온통 빗속이었다. 급히 서두르면서 데워진 몸이 차가운 빗방울에 닿아 오톨도톨해졌다. 토독토도독, 우비가 소란스럽고 자박자박, 샌들이 시끄러웠다. 집 벽 옆의 물받이도 넘치는 빗물 소리로 분주했다. 물받이 아래에 미리 받쳐둔 양동이를 들고 텃밭으로 향했다. 텃밭에 도착하니 그곳은 더욱 요란했다. 이 섬에서 나무 그늘이 없는 유일한 곳이어서 풍성히 자란 잎들과 자갈이 뒤덮인 흙밭이 제각각 빗방울을 맞으며 다른 소리를 냈다.

지난번 태풍 이후에도 몇몇 토마토와 당근은 줄기를
꼿꼿이 세운 채 빗방울을 받아내고 있었다. 그 옆으로
무와 배추를 한고랑씩 심어놓았다. 싹을 틔우고 있는 무
와 배추를 보고 있으려니, 어린 시절 가족들과 같이 주
말농장에 다녔던 기억이 떠올랐다. 부모님은 나와 언니
에게 직접 몇고랑을 맡아 채소를 길러보는 게 어떠냐고
했다.

"좋아! 좋아! 아빠, 그럼 나는 뭘 심어?"

아빠가 신난 내 앞에 작은 봉투 몇장을 내밀었다. 크
기는 핫팩보다 작고 두께도 얇디얇았던 그 봉투에는 각
각 무와 배추 그림이 그려져 있었다. 이 작은 씨앗이 자
라서 그림만큼 커질 수 있다는 게 솔직히 믿기지 않았다.

"오늘처럼 해가 뜨지 않고 구름 낀 날에 무랑 배추를
심는 거야. 무는 두뼘당 서너알, 배추는 두뼘당 한알씩
심으면 돼. 배추가 딱 두뼘너비까지 자라거든. 그걸 떠
올리면 외우기 쉬울 거야."

아빠는 한마디 덧붙였다.

“오늘 씨를 뿌려놓고 다음주에 와보면 무순이 잘 자라 있을 거야.”

주말농장의 무와 배추가 어떻게 되었는지 기억나지 않지만, 섬의 무밭은 아빠가 말했던 대로 정말 하루가 다르게 풍성해졌다. 푸른 잎들이 서로 다퉈가며 위로 향했다. 일부러 고랑마다 시차를 둬서 한고랑에는 일주일 먼저 씨를 뿌렸는데 그 고랑의 싹들이 눈에 띄게 자랐다. 아무래도 많이 솎아내야겠다 싶었다. 자리를 잡고 앉아서 일단은 밭의 잡초들을 뽑았다. 밤새 내린 비로 땅이 부드러워져 호미를 사용하지 않아도 풀들이 쏙 뽑혔다.

한시간이 훌쩍 지났다. 우비 안으로 열기가 올라와 후텁지근했다. 일어나서 우비의 단추를 풀고 바람을 통하게 하니 온몸에 시원한 기운이 돌았다. 양손으로 허리를 짚고 뒤로 젖히니 뻣뻣하게 굳어 있던 어깨와 목의 근육이 풀어지는 기분이었다. 텃밭 한쪽 구석에 앉아 새참거리를 찾았다. 집에서 챙겨 온 찐고구마를 먹을까 했지만, 잡초를 뽑다가 함께 뽑아버린 아기 무가 눈에 들어왔다. 빗물에 대충 씻어 한입 베어 물었다. 오도독, 아삭한 식감과 함께 생각보다 훨씬 달콤한 맛이 입안에 번졌다. 아릴 듯했는데 그저 달았다. 내친김에 손가락 한 뼘도 되지 않는 무청까지 아작아작 씹어 먹었다. 무보다는 조금 씁쓸해서인지 더욱 조화로운 맛이었다.

눈앞에 며칠 전 먹은 무청비빔밥이 아른거렸다. 무싹이 갓 올라온 듯했는데 그날 아침에 보니 어느새 무밭이 푸른 잎으로 가득 차 있었다. 그 옆의 배추는 아직 반 뼘도 되지 않는 크기였는데, 무는 자라는 속도가 남달랐다. 가까이 가서 손을 펼쳐보니 벌써 한 뼘을 살짝 넘으려 했다. 그 자리에서 바로 무청을 톡톡 분질러 그러모았다. 본래 무청은 무가 완전히 자란 뒤에 줄기를 잘라 여러날 차가운 바람을 맞혀 시래기로 말리고 삶아 나물로 먹는다. 그렇지만 이제 막 싹을 틔운 어린 무청은 싱싱한 그대로 무쳐 먹거나 밥에 비벼 먹어도 된다.

그래서 오랜만에 새참 분위기를 내보기로 했던 것이

다. 집으로 달려가 밥과 고추장, 양푼을 챙겨 왔다. 양푼에 밥과 무청을 넣고 맵달한 고추장 한숟가락, 고소한 참기름을 휘휘 두르고 같이 비볐다. 한숟가락, 두숟가락… 크게 떠서 입에 넣고 오물거리며 씹기를 반복했다.

"와."

고요한 숲속에서 내 감탄사만 울려 퍼졌다. 무청 특유의 쌉싸름하면서 청량한 맛이 입안에서 춤을 췄다. 단순한 재료들을 섞은 것일 뿐인데, 이렇게 나를 행복하게 만들어준다는 게 놀라웠다. 그날 나는 텃밭 옆 소나무 그늘에 앉아 양푼을 껴안고 무척이나 만족스러운 식사를 마쳤다.

며칠 전 일을 떠올리는 사이, 어느새 비는 그치고 가벼운 흰 구름들이 파란 하늘에 떠 있었다. 그리고 내 발은 어느새 저만치 집을 향해 있었다. 밭에는 호미며 삽이며 오만가지 물건들을 그대로 둔 채로, 11시도 되지 않았는데 벌써 몸은 그 즐거움을 또다시 찾아 나섰다. 명령을 내리는 뇌에게 실망스러웠지만, 그 와중에도 달리고 있는 다리에게 힘을 주고는 싶었다. 밥과 고추장을 찾아 뜀박질을 하는 내 모습이 얼마나 우스꽝스러울지는 내 알 바가 아니었다. 섬은 참으로 신비한 곳이다.

어둠의 바닷속으로

해가 뜨기 전의 바닷속을 잠수하는 것은 꽤 오랫동안 꿈꿔온 일이다. 섬에 들어온 지 어느새 석달째가 되어가고 있었다. 8월 말 처서가 지나면 바닷물이 급속도로 차가워질 것이고 그전에 물속에서 할 일은 어느 정도 끝내놓아야 했다. 미지의 영역인 동북쪽 해안을 가볼 시간이 얼마 남아 있지 않았다.

그렇다고 곧장 밤바다 속으로 들어가는 건 망설여졌다. 처서가 코앞으로 다가왔을 때, 일단 며칠간은 바닷속에서 눈을 감아보자고 생각했다. 하긴, 지난 석달 동안 태풍이 치는 날만 빼고는 매일 물질을 해오지 않았던가. 그만큼 해변 앞 바닷속 지형은 이제 손바닥처럼 훤했다. 머릿속으로 물속 지형을 떠올려보니 당장에라도 펜만 있다면 세세한 부분까지 모두 그려낼 수 있을 것만 같았다. 눈을 감고 바위를 더듬으며 움직이는 일쯤이 대수랴.

본래도 물안경을 쓰지 않고 먼눈으로 잠수를 곧잘 해왔고, 맨눈 잠영이라는 게 사실 온통 뿌연 속을 대략 더듬으며 가는 식이니까 눈을 감는 것도 그와 비슷하리라 생각했다. 하지만 막상 타닷속에서 눈을 감으니 몸이 생각보다 훨씬 어색하게 움직였다. 전에는 자연스럽던 동작들이 순서도 없이 뒤엉켜버리고 균형도 쉽게 무너졌다.

몇차례 물속에서 허우적대다 더 이상은 안 되겠다 싶어 물 밖으로 나와 앉았다. 서너번 물속을 오갔을 뿐인데 기운이 쏙 빠졌다. 이유는 나도 잘 알고 있었다. 바로 두려움이었다. 앞이 보이지 않는다는 건 생각보다 더 큰 공포를 선사했다. 눈을 감고 앞으로 나아가기는커녕 헤엄도 제대로 하지 못해 슬그머니 눈을 뜨기도 했다. 나를 해치는 것이 아무것도 없다는 것을 알면서도 암흑이라는 거대한 존재가 자꾸만 앞을 막았다. 이래 가지고서

밤바다 속으로 들어갈 수 있을까?

생각에 잠겨 있느라 엄지손가락을 깨물고 있는 줄도 몰랐다. 짜디짠 바닷물이 어느 틈에 입에 고였다. 어쩔까 하다가 그냥 삼켜버렸다. 내가 여기 바닷물을 먹은 게 얼마인데, 이 정도쯤이야. 몸은 이미 바닷물에 절여진 채였다. 이쯤 되면 바다의 짠 기운이 내게 적잖게 스며들었을 것이다. 어쩌면 나도 이제 바다의 일부가 되었다고 말해도 되지 않을까.

허튼 생각 같지만, 이 생각은 뜻밖의 용기를 안겨주었다. 육지에서 지니고 있던 것들은 차츰 바닷물에 씻겨나가고, 그 자리에 바다가 가진 것들이 서서히 배어들었을 것이다. 나는 과거의 삶과 새로운 삶을 동시에 짊어지고 있었다. 사춘기 때로 돌아간 것 같다고나 할까. 무엇인가를 결정해야 할 것 같은, 어딘가 약간은 불편한, 그러나 싫지 않은 긴장감. 말로는 다 표현할 수 없는 이런 싱숭생숭함마저도 나쁘지 않다고 느꼈다.

다시, 나는 방금 전까지 바닷속에서 느낀 감정을 되새

겨보았다. 그때 나를 완전히 지배했던 공포라는 감정을, 지난 수십년간 내 머릿속에서 똬리를 틀고 사사건건 나를 좌절시켰던 그 감정을. 내게는 너무나 익숙해서 어떤 때에는 내가 이것에 의존하는 것은 아닌가 의심마저 드는 그 감정을, 그래서 내가 어떤 때에는 간절히 부르고야 마는 이 감정을, 더 이상 외면하지 않기로 했다.

바람이 불어왔다. 하늘을 올려다보니 태양은 여전히 내 머리 위를 내리쬐고 있었다. 모래들은 알알이 뜨거웠다. 움츠러들 이유가 없었다. 나는 한움큼 모래를 쥐고 바다를 향해 던졌다. 작은 알갱이들이 흩뿌려져서인지 눈앞이 뿌예졌다.

나는 그동안 한번도 가보지 못한 동북쪽 해안으로 들어와 있었다. 스노클을 쓴 채 랜턴 하나만 들고 첨벙, 발을 디뎠다. 우주에 뛰어드는 우주비행사의 마음이 이런 걸까. 나는 암흑의 진공 속인 듯한 바다 위로 발을 올려놓았다. 성큼 들어선 그곳에는 마치 별이 뜬 것처럼 까

만색 바탕 위에 흰 점들이 늘어서 있었다. 간혹 연노란 색 점들이 몰려왔다. 몸통에 그어진 노랗고 까만 줄무늬들이 일제히 춤을 추듯 움직였다. 이름을 알 수 없는 수많은 물고기가 거만한 몸짓으로 헤엄쳤다. 그 뒤로 돔이 선명한 청색을 띠고 불쑥 쳐들어왔고 성이 난 것인지 자신의 화려함을 과시하려는 것인지 모를 삼세기가 뻐금거리며 지나갔다. 모두 섬에서 살며 도감을 보고 배운 것들이었다.

공기 방울들이 스노클 사이로 빠져나가며 이제 물 위로 올라갈 시간이 다 되었음을 알려주었지만, 나는 물갈퀴를 가만히 둔 채 물속에서 잠시 플래시를 끄고 암흑 속의 바다를 고요히 지켜보았다. 그러다 다시 플래시를 켜고 눈앞에 떠다니는 것들을 유심히 바라보았다. 돌말일까, 아니면 개복치가 낳은 알들일까. 이도 저도 아닌 그저 바다 생물들의 배설물일까. 저 멀리에서 베도라치 한마리가 특유의 S자 모양 춤을 보여주며 사라져갔다. 플래시를 비추자 베도라치의 등허리가 반짝, 빛을 되비

쳤다. 나는 발을 차며 물 위로 향했다.

이렇게 아름다운 곳이었구나, 밤바다 속이… 여름 밤바다 속의 흥성거림, 그 여유. 그동안 이 구경거리를 그저 두려워만 해왔다는 게 어처구니없었다. 무섭다의 반대말이란 게 무섭지 않다, 이런 게 아니라 여유롭다 같은 것일 수도 있겠구나 생각했다. 두눈을 감은 채 몸의 힘을 빼고 있으니 바다가 나를 뭍으로 올려주었다.

눈 감고 코 만들기

"에이취!"

햇살에 달궈진 모래밭에 앉아 볕을 쬐는데 재채기가 났다. 몇번이고 요란스럽게 내뿜고 나니 으슬으슬해졌다. 요 며칠 물질을 너무 많이 해서 그런가. 팔뚝을 쓸어보니 왠지 살결이 차가운 듯했다. 감기에 들면 큰일인데… 얼른 섬집으로 가서 차를 마셔야겠다고 생각한 찰나, 불어오는 바람이 포근하게 몸을 감쌌다.

처서가 지나자 거짓말처럼 물이 차가워지기 시작했다. 바다에 발을 담그고 가슴 높이께만큼 들어가면 발목 언저리부터 서늘한 기운이 스쳤다. 해가 가는 길이 살짝 옮겨졌다고 이렇게까지 추워질 일인가. 본래대로라면 이삼십분 정도 물질을 해야 하지만, 이제 오분을 겨우 버티고 물 위로 올라온다. 그리고 하늘을 향해 누워 한참 볕을 받아야만 다시 물속으로 들어갈 힘이 난다.

재채기를 하며 섬집으로 들어섰다. 현관 앞에서 간단히 물을 끼얹어 모래를 씻어내는데 그 물 또한 만만찮게 찼다. 바닷물이야 해를 덜 받아서 그렇다 쳐도, 땅속 물까지 이렇게 덩달아 차가워진 게 신기했다. 하지만 이런 생각에 빠질 겨를이 없었다. 일단은 옷을 갈아입으려고 서둘러 서랍을 열었다. 면티들만 여럿, 지금 당장 필요한 카디건이 없다. 결국 아무 긴팔 옷이나 잡히는 대로 걸치고는 주전자에 찻물을 올렸다.

왠지 계절의 변화에 응해야 할 듯해서 카모마일 차를 골랐다. 찻물을 붓자 곧바로 김이 올라왔다. 그 김에 코를 갖다대고는 힘껏 들이마셨다. 연거푸 재채기를 했던 콧속이 따뜻해졌다. 차를 마시는 건지 김을 쐬는 건지 모를, 나만의 온도 올리기 전략이다.

차를 홀짝이며 여전히 어수선한 채로 열려 있는 서랍장을 바라보았다. 여름옷을 넣고 가을옷을 꺼낼 때였다. 장롱 위 가방에 알록달록하게 비치는 게 카디건 같았다. 찻잔을 내려놓고 의자를 농 앞에 당겨오니 손이 닿지 않았던 옷가방을 내릴 수 있었다. 가방의 지퍼를 열어 카디건을 꺼내 품에 꼭 안았다. 옛 기억이 담긴 옷은 무척이나 포근했다.

"지안이는 뜨개쟁이!"

초등학교 6학년 때, 하굣길에 집에 들어서려는데 몇몇 녀석들이 내 앞에서 불쑥 튀어나오며 그렇게 외치고는 깔깔대며 달아났다. 당시 우리 가족은 아파트 상가 2층에 세 들어 살고 있었다. 집에 들어가려면 계단을 오르는 입구를 거쳐야 했는데 거긴 늘 문이 열려 있어서 사실상 누구든 드나들 수 있는 열린 공간이었다. 몇몇 짓궂은 친구들이 그곳에 숨어 있다가 종종 나를 놀라게 했는데, 그날의 장난은 왜인지 더 속이 상했다.

투정 부리듯 입을 오므리고는 집이자 가게로 들어섰다. 안에는 엄마의 수강생들이 곳곳에 앉아 뜨개질을 하고 있었다.

"지안이 왔구나. 근데 얼굴이 왜 그래? 꼭 오이처럼

새침하네.”

나는 입술을 더 쭉 내밀고 한껏 뾰로통한 티를 냈다.

“엄마, 가게 이름 바꾸면 안 돼? 응?”

동네 아주머니들로부터 뜨개 실력을 인정받던 엄마가 급기야 집 거실에 ‘지안 뜨개방’이라는 뜨개 가게를 열었다. 엄마는 내 이름이 딱 알맞다면서 흡족해했지만, 정작 당사자인 나는 불편하기 짝이 없었다. 집은 종일 엄마에게서 뜨개질을 배우려는 사람들로 북적였고 개중에는 반 친구의 엄마도 꽤 있었다. 그러니 내 별명이 뜨개쟁이가 되어버린 건 피할 수 없는 운명이었다.

늦은 저녁, 우리 식구들만이 온전히 모이면 그제야 나는 간판에서 내 이름을 빼달라고 마음 놓고 졸랐다. 엄마는 매번 대답 대신 그날 뜬 옷을 내게 대보고는 꼭 안아주며 이렇게 말하곤 했다.

“지안이한테 딱 맞네. 내일 이거 입고 학교 가면 되겠다.”

초등학교를 졸업한 뒤 하굣길에 나를 놀리던 친구들

이 뿔뿔이 흩어졌다. 그때 즈음이었을까. 가게 이름으로 놀림을 당하지 않게 되자 나는 엄마 옆에 앉아 엄마의 코바느질을 구경하는데 슬슬 재미를 붙였다. 대바늘과 실, 두가지만 손에 들고도 엄마는 세상에 하나뿐인 것을 뚝딱 만들어냈다.

옷가방에서 꺼내서 내가 손에 들고 있는 카디건도 엄마가 떠준 것이었다. 중학교를 졸업하던 해 겨울에 받은 옷이니 벌써 13년이나 되었다. 그 시간의 궤적이 느껴지지 않을 정도로 여전히 때깔이 선명하고 고왔다. 엄마는 이 옷을 주면서 '코트'라고 말했다. 그 이름에 걸맞게 가을부터 겨울까지 짧은 산책을 다녀올 때 입기 딱 좋았다. 도톰한 옷을 걸치고 단추를 끼우기 전에 옷깃을 올려 괜히 흠흠 냄새를 맡았다. 왠지 그 시절의 향이 묻어나는 것 같았다. 단추까지 모두 채우고 거울 앞에 섰다.

"지안이는 새초롬한 표정보다 웃는 얼굴이 더 예뻐."

엄마의 목소리가 옆에서 들리는 듯했다. 슬며시 입꼬리가 올라가다가, 혼자 거울 앞에 선 것이 조금은 멋쩍고, 조금은 쓸쓸하다는 생각을 했다. 다시 찻잔을 들어 한모금을 머금고 옷을 찬찬히 들여다보았다.

"언제 여기 올이 풀렸을까."

엄마의 카디건은 서로 다른 꽃문양을 손바닥만 하게 떠서 이어붙인 것인데, 그 조각들을 잇는 경계에 올이 풀리면서 구멍이 나 있었다. 마치 뜨개질을 하며 코를 빠트린 것처럼 보였지만 실이 풀렸을 뿐 끊어진 것은 아니었다. 나는 얼른 뜨개가방을 찾아 코바늘을 꺼냈다. 축 늘어진 실을 끌어당겨 본래 있어야 할 자리에 끼워놓고 다시 위아래 양옆 실들을 팽팽하게 잡아당겼다. 그 옆의 실도 같은 방식으로 손을 보고 옷을 펼치니, 어느새 짱짱해진 폼이 마치 새 옷 같았다.

"이래 봬도 뜨개쟁이 서당개 10년이지."

혼잣말을 하다가 큭큭 웃음이 났다.

뜨개 가방에서 실뭉치를 꺼냈다. 가을이 시작되면 서늘한 바람이 불어 감기 들기 십상이다. 내친김에 휑한 목을 따스하게 감싸줄 목도리를 짜보기로 했다. 엄지와 검지로 목둘레를 재보니 딱 두뼘이 나왔다. 가로는 이 정도로 잡으면 되겠네. 그 자리에서 곧바로 실을 꿰어 30코를 만들고는 연이어서 틀을 잡아갔다. 뜨개질을 직접 한 건 정말 오랜만인데 코를 잡는 정도는 딱히 기억을 떠올릴 것도 없이 익숙했다.

어린 시절의 풍경이 눈앞에 환하게 펼쳐졌다. 엄마는 저녁 밥상을 치우고 나면 그 자리에 나와 언니를 불러서 뜨개질 방법을 일러주곤 했다. 엄마는 당시에 꽤 많은 양의 주문을 받아 납품해야 했는데 가장 쉬운 코 잡기는 매번 우리들의 몫이었다. 매일 늦은 밤까지 작업해야 겨우 주문 수량을 다 만들었으니, 그 수고를 조금이라도 줄이려면 우리 같은 고사리손도 보태져야 했던 것이다.

처음에는 왠지 새로운 걸 잘하는 것 같고, 내가 집안 살림에 도움이 되는 듯해서 우쭐하는 마음이 들었지만, 이내 그 지루한 작업에 싫증이 날 수밖에. 하품을 늘어지게 하며 딴청을 피워대는 우리를 앞에 두고도 엄마는 아무 말 없이 뜨개질을 이어갔다. 천천히 손을 놀리는 듯해도 언제나 우리 둘의 작업 속도를 현저히 앞섰다. 엄마는 언니와 나를 독려하며 이렇게 말하곤 했다.

"코 만드는 건 눈을 감고도 할 수 있어야 해. 그래야 어디 가서 뜨개질 좀 한다고 할 수 있지."

그때의 기억을 되살려 눈을 감고는 왼손의 뜨개실을 잡아당겨 오른손 빈 공간에 넣으려는데 그게 쉽지 않았다. 번번이 엉뚱한 곳에 바늘을 집어넣었다.

"근데 눈을 감으면 아무것도 안 보이는데?"

"야, 엄마는 눈 감고도 만들어. 그렇지, 엄마?"

"아니, 엄마도 눈을 감고는 실수할 때도 있어. 내 말은 그만큼 일이 익숙해져야 한다는 거야."

엄마와 언니와 도란도란 나눴던 대화가 떠올랐다. 일이라는 건 얼마나 익숙해져야 삶의 한부분이 되는 것일까. 코를 만드는 속도를 조금 줄였더니 그래도 몇번은 코가 꿰어졌다. 일의 속도를 줄이고 매일 조금씩 연습하면 정말로 뜨개쟁이가 될 수도 있을 듯했다.

자연스럽게 올해 가을과 겨울의 목표가 정해졌다. 눈 감고 코 만들기. 단, 실눈 떠도 됨. 목도리도 도톰하게 뜨고 수면 양말도 근사하게 만들어서 올겨울을 따뜻하게 넘겨볼 테다.

4장
가을과 겨울 사이에서

올 것이 온 것인가

9월 말에 접어든 뒤로 물에 들어가려면 슈트가 필수다. 슈트는 체온이 낮아지는 걸 막아주는 고마운 옷인 건 분명한데, 물이 들어가지 않도록 몸에 찰싹 붙게 만들어서인지 그걸 입고 벗을 때마다 만만치 않다. 입을 때나 벗을 때나 입에서는 험한 달이 튀어나온다.

"이게 인간을 살리려고 만든 거 맞나? 벗다가 쓰러져 죽겠다 정말."

물질은 고작 삼십분밖에 못 하고 슈트를 입고 벗는 데에만 삼십분 이상을 썼다. 옷을 갈아입고 난 뒤에는 완전히 기진맥진이었다. 무거운 몸을 겨우 일으켜 커피를 한잔 마신 뒤에야 정신이 돌아왔다. 매번 물질하고 나서 이렇게 맥을 못 추면 하루 내내 힘이 들 텐데…

카페인의 힘으로 피로가 반짝 가시더니 곧 허기가 몰

려왔다. 물을 올리고 밥을 안쳐야지 생각하는데 갑자기 재채기가 연이어 터졌다. 코가 아릿했다. 머리가 띵해지고 콧물이 나오는 걸 보니 감기에 제대로 걸린 것 같았다. 올 것이 온 것인가.

하루 전이었다. 평소와 다름없이 반바지 차림으로 텃밭에 가서 고구마 줄기를 베어 담는데, 무심결에 무릎이 맨흙에 닿았다. 축축한 흙에서 한기가 느껴져 화들짝 놀라 무릎을 들어올렸지만 그새 팔과 다리에 소름이 오소소 돋았다. 얼른 자리를 정돈하고 고구마 줄기가 담긴 바구니를 옆에 낀 채 천천히 숲을 내려오면서 생각했다. 곧 겨울이 오겠구나. 아침과 밤에는 선선하고, 해가 뜬 정오에는 무척 따뜻한 이 가을을 얼마 즐기지도 못했는데 불과 몇주만에 춥고 무자비한 계절로 바뀐다니 야속했다.

섬에 들어온 지 거의 4개월째였다. 매일 아침 일어나 물질을 하고 갯방풍을 따고 텃밭에서 채소를 키우며 깨달은 것은 자유를 얻기 위해서는 꽤 많은 불편을 감수

해야 한다는 사실이었다. 나 대신 밥 짓고 빨래를 해줄 사람이 없는 삶, 오롯이 단 한사람이 누리는 자유에는 더더욱 많은 불편이 뒤따랐다. 그리고 곧 그 불편함들이 한데 모이는 계절, 겨울이 다가오고 있었다.

얇게 입은 탓일까, 혹은 오늘 했던 물질에 온기를 뺏겨서일까. 감기에 걸렸다는 것을 확실히 깨달은 이후로 몸 여기저기가 갑자기 쑤시기 시작했다. 마치 온몸의 세포가 나의 미련함을 탓하러 한꺼번에 들고 일어선 듯했다. 아침밥을 차릴 틈도 없이 약 가방을 뒤져 진통제를 입안으로 두알 털어 넣었다. 그러고는 몸져누웠다.

점심밥까지 건너뛰고 낮잠을 길게 자고 일어났는데도 개운하지 않았다. 일어나 앉아 머리를 살짝 짚자 누가 망치로 내려친 것처럼 고통스럽고 코는 아리고 찡했다. 저녁마저 거를 순 없었기에 아침에 차리다가 만 밥을 꺼내 대강 물을 말아 먹었다. 말라붙어 있던 밥 알갱이들이 물에 잠겨서도 한참 딱딱했다. 괜히 객기를 부려 어금니로 악물어 씹으니 두통이 더욱 심했다. 내 섣부른 행동이 어처구니가 없어 마음속 말이 튀어나왔다.

"진짜 한심하다. 좀 기다려서 먹으면 될 것을…"

말은 그것 자체로 힘이 세서 그 말을 곱씹은 뒤로 스스로가 더더욱 한심해 보였다. 똑바로 서지 못하고 식탁에 기대어 식기랑 수저를 대충 정리하고는 설거지도 하지 않고 이불 속으로 들어갔다. 십여분 전까지만 해도 내 몸의 열기로 뜨끈했던 이불 속이 어느 틈에 차갑게 식어 있었다. 이번에는 이가 딱딱 부딪힐 정도로 한기가 느껴졌다. 몸살은 더 심해져 '뼈저리다' '뼈아프다'라는 말들이 살갗 날 정도였다. 이대로 오들오들 떨면서 잤다가는 큰일이 나겠다는 생각에 겨우 몸을 일으켜 장롱에서 이불 하나를 더 꺼냈다.

상태가 계속되면 이튿날 아침에도 섬집 밖을 나서지 못할 것 같았다. 그렇게 되면 별수 없이 안에서 하루를 더 꼬박 앓아야 하는 것 아닌가. 내내 아픈 채로 하루를 더 보내야 한다고 생각하니 덜컥 겁이 났다. 콧김이 뜨겁게 연이어 나왔는데, 이게 내가 열이 나서인지 화가 치밀

어 올라서인지를 알 수 없었다. 한번 마음이 무너져 내리니 걷잡을 수 없었다. 혼자라는 감각이 살에 와닿아 눈물이 쏟아졌다.

몸이 아픈 것과 마음이 아픈 것은 이렇게 다른 것이구나. 마음은 마치 하나의 댐과 같아서 몸의 고통을 어떻게든 붙잡아두다가, 그 통증이 어느 눈금을 넘기면 더는 감당하지 못하고 놓아버리는 것일까. 그렇다면 눈물은 몸과 마음이 끝까지 실랑이한 끝에 결국 넘쳐 흘러버린 고통의 결정체인 걸까. 비몽사몽간에 여러 생각이 잡힐 듯 말 듯 흐르다 흩어졌다.

한참 동안 꿈과 현실 사이 어딘가에서 헤엄치다가 설핏 잠이 들었던 모양이다. 그 뒤로 무려 열시간을 내처 자고서야 눈이 떠졌다. 창밖으로 달이 뉘엿하게 기울어 있었다. 눈을 깜박여보았다. 간밤에는 눈을 감고 뜰 적마다 두통이 밀려왔는데 그 정도까지는 아니었다.

눈물을 닦느라 머리맡에 두었던 두루마리 화장지는 언제 굴러갔는지 매트리스 아래로 떨어져 있었다. 돌돌 풀어져 일자로 쭉 길을 낸 화장지를 조심스레 다시 말면서, 이 모든 일을 결국 내가 다 해야 한다는 사실을 다시금 깨달았다. 아무도 나를 도와줄 수 없는 지금의 이 현실이 어쩌면 자유의 한장면일 수 있겠다고 생각했다. 자유에는 이렇게나 뜻이 많구나. 오롯이 나 홀로 호젓이 걷는 것도, 고독하게 아프고 쓸쓸히 견디는 것도, 이렇게 하룻밤을 꼬박 앓고 난 뒤 일어서는 일까지도 모두 자유로구나 생각했다.

여전히 개운치 않은 몸을 일으켜 벽난로 앞으로 다가가 앉았다. 다행히 마른 장작이 몇덩이 놓여 있었다. 잔가지에 불을 붙이고 그 위에 땔나무들을 하나씩 올려놓았다. 어느 순간 불길이 퍼덕이며 힘차게 붙더니 열기가 뜨겁게 내 앞을 가득 채웠다. 나는 그 열기를 피하지 않고 고스란히 맞았다. 방 안의 훈기가 너무도 그리웠다. 자유라는 것이 하나의 생물이라면, 그래서 체온을 갖는다면 딱 이 정도 온도겠구나 생각했다.

그동안 수고했다

이부자리를 개면서 보니 누웠던 자리대로 매트리스
가 축축하게 젖어 있었다. 간밤에 몸살을 앓으며 땀을
무던히도 흘린 모양이었다. 그러면서 내 속에서 뭔가 큼
지막한 게 빠져나간 것만 같았다. 고개를 돌려 거울을
보니 온통 어수선한 몰골 속에서도 두눈은 또렷하게 깜
박였다. 몸 상태는 완벽하지 않지만, 정신만큼은 더욱
맑아진 기분이었다.

두손으로 퍼석한 얼굴을 비벼대며, 할 일을 생각했다.
일단은 아침부터 차려 먹기로 하고 메뉴를 떠올렸다. 거
친 음식은 아직 무리고… 기력은 되살리고 싶으니 이럴
땐 죽이 딱이지. 메뉴가 정해지니 비로소 입맛이 돌았
다. 냄비를 꺼내 거기에 물을 붓고 곧장 불을 올렸다. 그
나저나 죽에는 뭘 더 넣을까. 채소를 썰어 넣자니 종류

별로 잘게 채를 치는 게 번거롭고, 그렇다고 아침부터 고기를 넣고 싶지는 않았다.

주위를 둘러보니 며칠 전에 모래밭 끄트머리에서 캐 온 갯방풍이 눈에 들어왔다. 원래는 살짝 데쳐 먹으려고 했는데, 캐면서 코에 갖다대니 그 은근한 향이 좋았던 게 기억났다. 죽에 넣으면 적당히 맛을 내줄 것 같았다. 불을 올려둔 냄비 옆에서 갯방풍을 다듬었다. 딱 엄지손톱만 한 잎사귀는 끝이 톱니처럼 잘게 쪼개져 있었다. 혀를 대보면 그 요철이 오묘하게 느껴졌다. 줄기까지 다져서 한주먹쯤 되는 양을 냄비 속에 던져 넣었다.

감기에 걸리고 난 뒤로 불 앞에 서 있는 게 은근히 좋았다. 냄비 앞에서 서서 물이 끓어오를 때마다 수저로 휘휘 저으며, 죽이라는 게 이렇게 따뜻한 기운으로 사람을 조금씩 살려내는 음식이구나 생각했다. 바글바글 물 끓는 소리에 끊임없이 이어지던 생각이 잠깐 멈췄다. 훅 끓어오른 물을 휘휘 젓고, 찬물 한숟가락을 붓자 거품이 가라앉았다. 사라지지 않는 작은 공기 방울은 입김으로 후 날리며 내 잡념도 함께 날렸다.

물이 졸아들며 점점 쌀이 형태를 잃고 곤죽이 되어갔다. 약불로 줄이고는 식탁으로 가서 간단히 상을 차렸다. 함께 먹을 반찬은 간장에 절인 무. 따끈한 죽에 새콤하고 달큰한 무 장아찌의 조합이 기대되었다. 참 나, 어제는 시름시름 앓더니 하루 만에 웃음이 나다니.

김이 모락모락 나는 냄비를 앞에 두고 접시에 죽을 덜었다. 후후 입김을 불어대며 천천히 떠먹었다. 과연 갯방풍은 그 은은한 향을 잃지 않고 묽은 쌀죽과 잘 어울렸다. 풀을 끓인 것이라 입안 전체에서 씁쓸한 향이 나면서도 몇번 씹다 보니 단맛이 배어났다. 오래 끓였는데 잎이 뭉그러지지도 않고 식감이 단단해서 씹는 맛도 나쁘지 않다. 거기에다 연갈색으로 물든 무를 올리니 썩 어울려 보였다.

꽤 흡족한 식사였다. 감기를 이겨낸 나 자신에게 주는 상이라고 생각하니 왠지 내가 대견하게 느껴졌다. 섬에 들어와서 일상이 완전히 멈춘 것도 처음이었다. 이렇게 맥을 못 추고 이틀 꼬박 앓다니… 물론 불과 5개월 전까지만 해도 나는 이틀은커녕 하르하루의 일상이 완전히 무너진 상태였다. 삶의 의지를 잃은 것처럼 겨우 도문항 구석에 쪼그리고 앉아 갈팡질팡하던 것을 생각하면 울고 있던 어린아이에서 불쑥 어른이 되어버린 것 같았다. 그사이에 내가 맞닥뜨리고 직접 선택했던 일들이 짧은 스틸 컷처럼 떠올랐다가 사라졌다.

섬에 도착해 짐을 푼 뒤로 매일 여행하듯 바다와 숲을 나다녔고, 모래밭을 걷고, 특별한 일이 없다면 매일 아침 해를 감상했다. 그러다 어느 날부터는 숙제를 하듯 맡은 일을 해내려 했다. 명상도 했지만, 마음을 안정시키겠다는 원래의 목적보다는 바닷속 잠수 전에 호흡을 고르기 위한 일이라는 점에서, 그것들 또한 그저 생존하기 위한 절차였을지도 모르겠다. 감기라는 복병을 만나 꼬박 이틀을 앓고 나니 머릿속에 '다시 시작' 버튼이 눌린 기분이었다. 눈가는 퀭했지만, 눈동자만큼은 어느 때보다 또렷하고 선명했다. 그제야 다시 생존이 아닌 생활이 눈에 들어왔다.

앞으로는 종종 내가 직접 쉬는 날을 정해 항구에 다녀와야겠다고 마음먹었다. 이곳에서 사는 것은 그저 먹고살기 위해서가 아닌 나만의 일상이 존재하는 생활이므로, 그 일상을 조금은 달리 바꿔봐야겠다는 생각이 든 것이다.

죽을 다 먹자 몸에 온기가 돌았다. 린넨 셔츠를 꺼내 한겹 더 걸치니 한결 포근했다. 코앞으로 다가온 초겨울, 날이 점점 더 싸늘해질 테고 이렇게 실내 생활이 늘어날 것이다. 원래도 한기가 느껴지기 시작하면 난로 앞에 앉아 고구마를 구우며 뜨개질을 하려고 했으니… 그래, 이제 겨울잠을 자는 곰처럼 집에서 오래 버틸 준비를 하자.

추위를 대비하려면 나무를 미리 해둬야 하는데, 몸 상태가 온전하지 않으니 다른 일로 눈을 돌렸다. 지난 며칠간 텃밭에서 딴 채소들이 식탁 주변에 어지럽게 놓여 있었다. 채소들을 절여 병마다 옮겨 담는 게 좋겠다. 내

년 봄까지 지내야 할 테니 장아찌를 넉넉히 해두자. 우
선은 남은 장아찌 간장들을 한데 모아서 한소끔 끓이기
로 했다. 냄비는 섬집에서 가장 큰 것으로 골랐다. 이런
저런 용기에 자잘하게 남아 있던 간장들을 붓고 나니
짠 기운이 훅 올라왔다. 사 간장을 좀 더 붓고 냄비에 불
을 올렸다. 고추, 깻잎, 가지에다 토마토, 그리고 전복,
해삼까지 꺼냈다. 거기에 섭 말린 것도 가져오고 지누아
리, 갯방풍도 챙겼다. 장아찌가 될 재료들이 도마 위에
단정히 올라갔다.

　각각 알맞은 크기로 잘라 병마다 차곡차곡 담았다. 고
추는 칼로 자르자마자 매운 향이 훅 올라온다. 고추씨
한톨을 들어 입에 넣어보니 스읍 혀가 아리며 입에 침
이 고였다. 고추는 저녁에 막장 찍어 먹자 하고는 썰다
만 몇개를 옆으로 치워두었다.

　간장이 보글보글 끓어오르는 데 맞춰 설탕과 식초도
각각 한컵씩 부었다. 짭짤하고 달큰한 맛이 겹치니 제법
달임장 느낌이 났다. 분주하게 도마와 불 사이를 오가며

장아찌 재료들을 남은 빈 병에 채웠다. 뜨끈한 달임장을 병에 부을 차례였다. 한병씩 부을 때마다 고추와 깻잎이, 가지와 토마토가, 전복과 해삼이 제 향기를 불쑥 내밀었다. 한 김을 내보낸 뒤에 뚜껑을 얼른 닫았다.

바다에서 나는 것들로만 여섯병을 채웠다. 깻잎 장아찌도 다섯병이나 되고 나머지도 넉넉했다. 뜨끈뜨끈한 병을 살그머니 들어서 마른 수건으로 닦고는 찬장 위에 올려놓았다. 어느 겨울날, 낚시로 잡은 숭어를 쌈장에 찍고는 저 장아찌 하나 올려 먹으면 참 좋겠다 생각했다. 다시 입에 침이 고였다. 나, 감기 기운이 있던 사람 맞나?

밥도 먹고, 겨울 준비도 하면서 힘이 조금씩 돌아오니 얄궂게도 섬집 바깥의 일들이 차례차례 떠올렸다. 텃밭 고구마 줄기를 미처 베지 못하고 내려온 일, 모래밭의 임시 화덕을 제대로 정리하지 못하고 온 일… 손가락을 오므리며 힘을 주려는데 아직까지는 기운이 더 필요했다. 쥐었던 주먹을 펴고는 잠시 바닥에 앉아 눈을 감았다. 밖으로 나서기 전에 조급한 마음을 진정시키고 싶었다.

눈을 감은 채로 숨을 들이쉬고 다시 내쉬면서 호흡 때마다 들썩이는 어깻죽지와 배를 생생히 느꼈다. 몸살을 세게 앓은 뒤 내 몸의 여러 기관들은 제각기 나름으로 이 상황을 수습하고 있는 것 같았다. 발끝부터 천천히 거슬러 올라 머리의 정수리까지, 몸의 곳곳을 느끼며 수고했다는 말을 작게 건넸다. 몸을 다정하게 보듬는 것만으로도 외로움은 제법 덜어지고 있었다.

우리 섬

　며칠 동안 집에서 쉬면서 겨울나기를 준비했다. 장아찌 할 때 남은 채소와 해삼, 전복을 한데 넣고 대량으로 수프를 끓여두었다. 전날에도 그걸 먹고 푹 자고 일어나니 몸이 한결 가벼워졌다. 시간은 아침 8시. 이미 새벽 일과 시간은 지나버렸기에 바다로 나가는 일정은 없어진 셈이었다.

　도톰한 셔츠를 걸치고 창고에 세워둔 지게를 짊어 멘 뒤 오랜만에 길을 나섰다. 앞으로 며칠간 땔감용 나무를 할 생각이었다. 그러려면 섬의 꼭대기에 올라가서 어느 곳의 나무를 자를지 먼저 살펴야 한다. 섬에 들어온 뒤로 땔감을 구하는 건 오로지 땅에 떨어져 쌓인 솔가리를 그러모으는 것과 오래전에 쓰러진 나무를 잘라 쓰는 정도였다. 이제 제대로 톱질을 할 때가 되었다.

나는 숲이 하나의 유기체라는 말을 믿는다. 숲의 나무들은 각자 가장 먼 곳으로 뻗친 뿌리를 이용해 대화를 나눈다고 한다. 꽤 그럴듯한 이야기다. 중요한 건 그들이 나누는 대화의 내용일 텐데, 아마도 그들이 가장 자주 이야기하는 건 자신의 생명에 관한 것이 아닐까. 숲의 정령들이 아직 내게 별다른 행동을 하지 않은 것은 어쩌면 내가 그들에게 톱을 들이대지 않았기 때문인지도 모른다.

이런 믿음을 지녔으면서 살아 있는 나무를 자르겠다고 결심하는 것은 쉽지 않았다. 그러던 중, 잠자리에서 뒤척이다가 묘안을 떠올렸다. 그것은 다름 아닌 미용이었다. 미용. 처음에는 나 역시 이 단어가 과연 적절한 표현인지 의심스러웠지만, 아무리 다른 말을 떠올리려 해도 이것만큼 제격인 말을 찾기 어려웠다.

나무를 미용한다는 건, 밑동을 자르지 않고 가지를 다듬는다는 뜻이다. 좀 더 정확히 말하자면, 잔가지를 자르려는 게 아니라 줄기에서 뻗어 나온 가지 중에서도 다른 가지에 비해 한참 웃자라거나 아래로 축 늘어져 나무의 모양새를 어그러뜨리는 굵은 가지들을 솎아내겠다는 거다.

"오늘 솔가리를 한포대 담아가니 양해 부탁드립니다."

"안녕하세요, 텃밭만 둘러보고 바로 내려갈게요."

섬에서 지낸 뒤로 숲에 발을 디딜 때마다 누구에게라기보다는 그저 앞을 향해 가볍게 목례하며 내 계획을 보고하곤 했다. 숲의 정령들은 이렇게 시시콜콜 보고하는 내게 어쩌면 좋은 인상을 품었을지도 모른다. 이 섬에서 머무는 동안만큼은 그들과 잘 지내고 싶다. 나무를 베지 않고 그저 가지를 곱게 다듬는 일. 그것이 나로선 최선이었다.

며칠 전, 서쪽 갯바위에 앉아 나무를 어떻게 해야 할지 고민하던 중에 불현듯 뒤돌아 섬 전체를 바라보았다. 과연 수천년 동안 웃자란 가지들이 삐쭉삐쭉 솟아 있었다. 저 곁가지들만 잘라도 올해 겨울을 나는 데에는 충분하리라 싶었다. 앞으로 한두달 동안은 매일 나무 하는 일에 매달려야 할 것도 같았다. 만약 내가 거인이라면 거대한 가위를 들고 미용사처럼 섬의 곁가지들을 말끔하게 다듬어볼 텐데…

잠시 즐거운 망상에 빠졌다가 정신을 차리니 어느새 목표 지점에 다다랐다. 그날 서쪽 갯바위에서 바라봤을 때 가장 어수선하게 보였던 나무 앞. 대개의 소나무가 바위를 피해 군락을 이루는 와중에도 몇몇은 바위보다 높이 솟아 있었고, 그중에서도 가장 높이 뻗은 가지 하나가 유독 눈에 띄었다.

제법 허리가 굵은 소나무였다. 햇살을 많이 받는 자리인지 밑동이 훨씬 굵고 키도 유독 컸다. 가지 중에서 내 어깨높이로 불쑥 튀어나온 걸 잘라볼 참이었다. 손을 뻗어 나무껍질을 쓰다듬듯이 만져보았다. 껍질이 이렇게 거칠고 단단했나, 매번 소나무를 만질 때마다 그 야무진 느낌에 놀라곤 한다.

나무 아래에는 솔가리들이 수북이 쌓여 있었다. 발을 디딜 자리를 만드느라 버석한 솔잎들을 발끝으로 슬슬 헤치자 그 깊숙한 곳에서 꽤 청아한 내음이 배어났다. 아무도 없는 이곳에서, 그것도 바닷바람을 맞아가면서 자기 향기를 버리지 않고 살아왔다니. 새삼 이 나무가 대견하다 싶었다. 하지만 그건 그거고, 너무 오래 이발을 하지 않은 것은 그것대로 손을 봐야지. 나무에게는 매정해 보였을 표정으로 톱질을 시작했다.

톱질의 절반이 위아래로 팔을 움직이는, 영원히 반복될 것만 같은 노동이라면 나머지 절반은 아이러니하게도 그 나무의 향을 맡는 일이다. 그것이 나무가 자기 겉모습을 고르게 다듬어주는 보답으로 내게 주는 선물 아닐까 싶다. 실제로 첫번째 가지를 자르고 나서 몇걸음 뒤로 물러서서 보니 그전에 비해 훨씬 말끔해 보였다. 나도 모르게 감탄사가 튀어나왔다.

"와, 너무 훌륭한데요!"

내친김에 손님을 대하는 진짜 미용사처럼 나무에게 말을 했다.

"이번에는 구레나룻 부분에 삐져나온 가지들 좀 잘라

볼게요."

내가 어설프게 미용사 흉내를 내는 사이, 나무들은 아마도 바삐 의견을 주고받았을 것이다. 어떤 말은 땅속 깊은 곳 뿌리를 통해 전하고, 또 어떤 말은 가지 끝으로 향을 내뿜으며 전했을 것이다. 미용이 제법 만족스러웠는지, 저 멀리서 불어오는 바닷바람 속에 아까보다 조금 더 진하게 솔향이 배어 있었다.

미용을 마치고 내가 지게에 지고 온 땔감은 고작 나흘 치였다. 계획대로라면 세배는 더 가져왔어야 하지만, 내 체력의 한계를 또렷이 확인했을 뿐이다. 단단하고 질긴 소나무들이 내게 허락한 건 잔가지 정도였다. 한달 동안은 매일 나가서 비슷한 만큼 해와야 내년 봄까지 쓸 땔감을 쟁일 수 있을 것이었다.

마침 해가 질 무렵이었다. 노을이 보고 싶어 후다닥 저녁을 먹고 해변으로 내려가 섬 전체를 눈에 가득 담았다. 섬은 타오를 듯 붉은 볕의 후광을 뒤로하고 온전히 제 머리를 드러냈다. 나는 남쪽 숲부터 북쪽 숲으로

눈길을 옮기며 앞으로 어디를 어떻게 자를지 생각했다. 그리고 맨 마지막에 삐쭉 솟은, 북쪽 끄트머리의 소나무는 그대로 남겨두기로 했다. 너무 단정한 건 우리 섬에 어울리지 않는다고, 한가닥 덜 빗은 머리칼처럼 포인트를 주고 싶었던 것이다.

엄마의 편지

“대파 철이야. 작은 화분에 대파를 꽂아둬. 조금씩이라도 자라면 그걸로 양념장 만들어서 한끼는 해결할 수 있어.”

엄마로부터 편지가 왔다. 선착장에서 반찬 꾸러미를 받아들고 섬집에 들어와 그것을 열어보니 편지 한통이 들어 있었다. 거의 반년 만인데 어제 연락을 나눈 사람처럼 담담한 엄마의 말투에 안도의 미소가 지어졌다. 그러고는 텃밭에 이미 심어놓은 대파를 떠올렸다. 내가 누구 딸인데… 안 그래도 그렇게 하고 있어요. 마음속으로 답하고 편지를 내려놓았다. 곧장 나무를 하러 섬 뒤편으로 향하면서 나는 풍경을 바라볼 여유 없이 한가지에만 몰두했다. 엄마한테 답장을 보내려면 생각을 해야 했기에, 그것도 많이.

엄마는 내가 이 섬에 있다는 걸 아직 모른다. 내가 이야기하지 않았으니 알 도리가 없다. 언제 말할지도 잘 모르겠고 영영 몰랐으면 하는 바람도 있었다. 차라리 친구들에게는 내 근황을 전할 수 있겠는데, 엄마에게는 도무지 지금 내 상황을 말할 엄두가 나지 않았다. 그간의 내 이야기를 속속들이 들으면 엄마는 혼을 내는 대신, 섬에 있는 나를 매일같이 걱정할 게 분명했다. 그게 화난 엄마의 모습을 떠올리는 것보다 더 마음이 안 좋았다.

도문항 현주 언니네에서 살기로 한 뒤 곧장 엄마에게 문자를 보내서 주소를 알렸다. 그때 엄마에게 부탁했다. 짧게는 6개월, 길게는 1년 혼자서 지내볼 테니 내 걱정은 말라고. 내 나름대로 비장하게 말했는데, 엄마의 답장을 보고는 괜히 마음이 콕콕 찡했다.

"엄마 전화 안 꺼둘게. 무슨 일 있으면 언니한테든 나한테든 곧장 전화해."

그게 6개월 전 일이었다.

엄마는 내게 편한 친구 같다가도, 어떨 땐 마음 여린 동생 같기도 했다. 그러다가도 불쑥 걱정 많고 잔소리 많은 모습이기도 했다. 첫째인 언니에게는 이런저런 기대를 품었던 것도 같은데 내게는 특별히 이래라저래라 간섭한 적이 없다. 어쩌면 그건 내가 잔소리가 전혀 통하지 않는 아이라는 것을 부모님이 빠르게 알아차려서인지도 모르겠다. 아주 어릴 적, 뛰어다니지 말라는 도서관에서는 재미있는 책을 읽으면 방방 뛰며 온몸으로 표현했다고 한다. 공부에 열중해야 할 학창 시절에는 음악에 빠져 예술가의 길을 심각하게 고민하기도 했다. 그러다가 막판에는 다행인지 불행인지 공부에 재미를 붙여 어찌저찌 대학에 들어갔고, 일도 졸업 후 곧장 구했다. 그것도 전공과는 전혀 동떨어진 조명 관련 회사로.

부모님 입장에서는 일찍부터 나를 신경쓰지 않는 게 맞다고 생각했던 것 같다. 뭐, 고등학생 때부터는 특별히 염려될 만한 짓을 하지 않아서였기도 하고. 그런데 회사 생활을 시작하면서부터는 상황이 조금씩 달라졌다. 그 어떤 단어도 나를 정의할 수 없다고 생각하며 자라온 나였지만 어느 순간 그 경계가 몹시도 희미해졌다. 돌아보니 그때 즈음부터 나는 나를 틀 안에 가둬두고, 그것도 모자라 깎아내리고 손가락질해댔다. 깊은 우울감이 찾아왔다. 수다쟁이였던 내가 확연히 말수가 줄어도 부모님은 시시콜콜 캐묻지 않았다. 그때 좀 더 편히 고민을 털어놓았다면 어땠을까. 당시의 나는 혼자서 내 문제를 해결해보고 싶은 마음이 컸던 것 같다. 그리고 그럴 만한 힘이 내게 남아 있다고 여겼다. 물론 큰 착각이었지만.

깊은 수렁으로 빠져들기 직전, 무턱대고 도문항을 찾았다. 그리고 결국에 이 섬까지 와버렸다. 단어 하나로 나를 표현할 수는 없다고 당당히 외치던 차지안은 어느새 몹시도 작고 나약한 존재가 되어 있었다.

섬에서 종종 혼잣말로 "엄마, 참 고마워"라고 말할 때가 있다. 엄마가 가르쳐준 한가지 지혜 때문이다.

"밥을 잘 차려 먹어야 해. 나 혼자서도, 아니면 나 말고 한명 정도 더 차려줄 수 있을 실력 정도는 갖추고 있어야 해. 그래야 세상살이를 할 수 있는 거야.”

그러면서 엄마는 정말 그 자리에 둘러앉은 사람이 먹을 만큼의 ‘적당한 한상’을 차려냈다. 나는 그 옆에서 조수 노릇을 그럭저럭 해냈다. 어깨너머로 서툴게나마 기른 요리 실력 덕분에 혼자 있을 때도 끼니를 대강 때우는 일은 없었다. 그리고 섬에서도 엄마가 전해준 그 몇몇 방법으로 살아간다. 사람은 곧 밥심이라는 엄마의 말은 홀로 떨어진 내게 정말로 세상을 살아낼 힘을 주었다.

내 머릿속에서는 늘 섬의 식재료 리스트가 큰 비중을 차지한다. 얼마 안 있어 텃밭에 남은 배추와 무까지 뽑고 나면 육지 채소를 구할 곳은 없다. 나머지는 바다에서 구해야 한다. 해초다. 다행히 이 섬 바위틈에는 지누아리가 빽빽하게 자라고 있었다. 밤사이 만조 때를 지나 물이 빠지는 아침나절에 바다에 나가면 싱싱한 지누아리를 양껏 뽑아 쓸 수 있다. 톳을 닮았지만 톳보다 더욱 쫄깃하고 푸르스름하다. 바로 먹으려면 줄기를 손으로 끊어서 대강 한입 길이로 맞추고 곧장 초고추장을 곁들인다. 나뭇가지에 걸어 말렸다가 고추장 단지에 박아놓고 며칠간 절인 지누아리는 다진 마늘과 참기름에 살짝 무치면 한끼 반찬으로 손색이 없다.

그것뿐인가. 물미역은 본래 봄이 한철이라던데, 웬걸 겨울이 한층 가까워진 10월 말에도 아침마다 해변에 나가면 모래 위가 모두 미역으로 빈틈이 없을 정도다. 미역 말고도 이른 아침 바다에서는 톳, 다시마를 종종 만날 수 있다. 소나무 숲과 모래밭 사이의 흙밭에 듬성듬성 나 있는 갯방풍도 빼놓을 수 없다. 그렇게 아침 채집을 마치고 상을 차리면 한숟가락의 밥 위에 윤기 나는 지누아리 무침과 향긋한 갯방풍 나물, 부드러운 미역 반찬까지 한꺼번에 올릴 수 있다. 식사 내내 해초들의 오독거리는 식감에 더해 갯방풍 특유의 쌉싸름함이 그 즐거움을 더한다.

한끼 분량만 차려내는 건 여전히 쉽지 않지만, 차츰

익숙해져간다. 나는 내 손바닥으로 분량을 가늠한다. 무엇이든 한손에 딱 쥘 수 있을 만큼만 집어들면 그게 내가 한번에 먹을 양이다. 그 정도만으로도 영양분은 충분하다. 남은 재료들은 비닐팩에 나눠 담아 앞바다 바위에 밧줄로 매달아 보관한다. 일종의 임시 냉장고인 셈인데, 한여름을 제외하면 바닷물 온도는 대체로 10도에서 15도 사이여서 냉장하기에 적당하다.

밤에 랜턴을 켜고 먹을거리를 구할 때도 '한끼 분량'의 기준은 지킨다. 어둠 속에서 모습을 드러내는 해삼은 볼 때마다 욕심이 나지만 딱 두마리만 집는다. 전복과 섭도 딱 한두줌씩만 잡아서 들고 온다. 그러고는 아침에 모조리 구워 먹는다. 기름이 있으면 튀기듯 볶아도 좋을 텐데, 현주 언니가 지난번 보내준 기름은 며칠 만에 바닥을 보였다. 아쉬운 대로 살짝 구워 먹는 중인데, 특히 전복은 파삭하게 익혔을 때의 맛이 그만이다.

엄마 편지를 받고 나서 오랜만에 대파로 양념장을 만들었다. 전복구이에 곁들이니 그 맛이 배가 되었다. 여기서 300여킬로미터 떨어진 우리집 내음이 문득 느껴졌다. 전복과 간장 사이에서 나는 대파의 은은한 향 때문인 듯했다. 이건 엄마의 단골 메뉴였으니까.

어쩌면 엄마는 내가 있는 곳으로 찾아와 당장 나를 데려가고 싶었을 것이다. 회사를 그만두고 나서는 잠깐이었지만 방에 틀어박혀 어두운 기운만을 내뿜던 딸이었으니, 그 걱정이 더 커졌을지도 모르겠다. 다만, 엄마라면 내가 반년 전 썼던 혼자 살아보겠다는 메시지에서 간절함을 읽었을 것이다. 그렇기에 그 마음을 누르고 담담한 어투로 내게 안부를 전했을 테다. 가슴 한편이 툭하고 가라앉았다. 마음을 다잡아야지, 생각하며 입술을 깨물었다.

엄마, 나는 아직 집으로 돌아갈 마음의 준비가 덜 된 것 같아. 조금만 더 기다려줘.

엄마의 편지를 꾹꾹 접으려다가 다시 펼쳐 첫줄을 읽었다. 얼굴 본 지 반년 만에 받은 편지의 첫마디가 "대파 철이야"라니. 애써 감춰둔 마음이 느껴졌다. 왠지 생

대파를 와작 씹은 것처럼 알싸한 맛이 입에 감돌았다. 그 알알하면서도 쓰디쓴 맛에 코가 매워진 듯 눈물이 핑 돌고 말았다.

나의 배추바닷물김치

한겨울 바다는 미지의 영역. 저 면 수평선 뒤에서 거대한 누군가가 쉴 새 없이 물을 헤쳐대는 양, 내 키만 한 파도가 연거푸 몰려온다. 바다의 찬 기운이 바람에 담겨 혹독하리만치 매섭다. 모래밭으로 나가보니 낮 동안 밀려온 통발들이 아무렇게나 널브러져 있었다. 이런 파도라면 한동안 도문항의 배들도 항구 밖을 나서지 못할 텐데… 며칠간 어떻게 버텨야 하나. 애써 담담한 척해보지만 나도 모르게 샐쭉해졌다.

11월 말에서 12월 초의 바다가 이 정도로 가혹할 줄 몰랐다. 지난주 현주 언니가 평소보다 많은 물품을 던져주고 간 것도 혹시 이런 바다를 미리 짐작했기 때문일까. 스무포기의 배추와 무 열통을 함께 놓고 간 언니는 메모 한장을 그 위에 적어두었다.

"이제 배추는 농사짓지 말고, 나한테 받으시게나."

텃밭의 다른 작물들은 제법 잘 자랐지만, 배추만 알이 고작 손바닥만 하게 자랐다. 이걸로는 도저히 김장을 할 수 없겠다 싶어 현주 언니에게 SOS를 보냈고, 그걸 본 언니가 내 허리만 한 배추들을 잔뜩 보내줬다.

모래밭에서 통발들을 하나씩 챙기다 말고 문득 좋은 생각이 떠올랐다. 잠시만… 배추를 여기 통발에 넣어서 절이면 되겠는데? 다시 바다 쪽으로 몸을 돌려 배추 절일 장소를 물색했다. 다행히 북쪽 바위들이 든든히 파도를 막아주고 있으니, 그 바위들을 등지고 놓아두면 되겠다 싶었다. 곧장 그 생각을 실행에 옮겨, 배추들을 여러 쪽으로 쪼개서 통발에 넣고는 갯바위 사이사이에 던져두었다.

다음 날도 성난 파도는 여전했다. 새벽녘에 눈을 뜨자마자 북쪽 바위로 향했다. 밤새 배추가 든 통발이 안녕한지 살펴야 했다.

"이게 뭐지?"

바위틈에 박아놓은 통발 하나를 살짝 꺼내보니 그 안에 배추 말고 또 뭔가가 있었다. 배추는 밤새 바다에 절여져 그 부피가 꽤나 줄어들었고, 그 빈틈을 생선들이 빼곡히 채우고 있었다. 그 모습을 자세히 살펴보니 배가 불룩해 커다란 올챙이 같기도 했다. 아, 이게 바로 도루묵이구나!

일석이조라는 말이 이럴 때 쓰는 거겠지. 배추도 절이고 생선도 얻고 신이 나서 통발을 힘껏 들어올렸는데, 글쎄 이 통발이 꿈쩍도 하지 않았다. 배추가 절여지면서 물을 머금어 그 자체로 무거운 데다가 거기에 통통한 도루묵까지 빼곡하게 채워져 있으니 내가 감당할 수 없는 무게였다. 하는 수 없이 섬집으로 다시 돌아가 양동이를 들고 와서는 배추며 도루묵이며 하나씩 꺼내 옮겨 담았다. 통발 여덟개를 이렇게 다 정리해야 한다니, 오늘도 만만찮은 하루가 되겠구나!

섬집에 도착해서 방수천을 넓게 펼쳤다. 한쪽에는 배추를, 다른 한쪽에는 도루묵을 차곡차곡 쌓아두었다.

배에서 연신 꼬르륵 소리가 났다. 그 자리에서 곤로에 불을 붙이고 석쇠판을 꺼내 도루묵을 대여섯마리 올려 놓았다. 치이익, 치이익, 금세 먹음직스러운 소리가 요란했다. 고소한 냄새가 감돌자 입맛이 돌았다. 얼른 부엌에 가서 소금 한줌을 가져와 조심스레 석쇠 위에 뿌렸다.

도루묵 석쇠구이는 일품이었다. 겨울철 도루묵은 정말 알이 꽉 차 있다. 언뜻 보기에 비릴까 싶지만, 막상 한입 씹으면 특유의 바다 내음이 물씬 풍긴다. 밥도 없이 도루묵 대여섯 마리로 배를 든든히 채웠다. 그만큼 실한 녀석들이었다.

불현듯 어린 시절 가족들과 김장하던 기억이 떠올랐다. 아빠는 배추를 쪽으로 잘라 이곳저곳으로 옮겼고, 엄마는 김칫소를 만드느라 정신이 없었다. 나와 언니는 이 일은 도대체 언제 끝나나 투정을 부리며 배춧잎 사이사이로 양념을 끼워 넣었다. 분명 장갑을 꼈는데도 소매를 걷은 팔뚝에는 고춧가루 양념이 굳어 있었던 게 기억났다.

타닥타닥, 석쇠 아래의 땔감이 부서지면서 내는 소리에 정신이 들었다. 왁자지껄했던 김장의 기억에서 벗어나 바닷바람이 불어오는 섬집 앞에 나 홀로 서 있으려니 쓸쓸해졌다. 그래도 저 절인 배추들을 그대로 놔둘 순 없지. 미리 준비해둔 재료들을 하나씩 방수천 옆으로 옮겼다. 현주 언니가 얼마나 알차게 챙겨주었는지 쪽파와 갓도 두단씩 넉넉했다. 무는 채를 썰고, 찹쌀풀에 고춧가루를 풀어 불렸다. 마늘과 생강을 다지는 동안 도마에 부딪히는 칼 소리가 파도가 치는 리듬과 묘하게 어울렸다. 철썩, 타닥타닥타닥, 철썩, 타닥타닥타닥. 마늘과 생강의 비율처럼 박자도 3 대 1이었다.

무채에 양념을 넣고 버구린 뒤, 쪽파와 갓을 살살 섞었다. 여기에 도루묵을 몇마리 넣어볼까. 어린 시절 기억을 떠올려보면 명태 같은 생선이 통째로 들어가 있었다. 도루묵이 담긴 양동이에서 대여섯마리를 꺼내 지느러미를 잘라내고 토막을 낸 뒤 김치 속에 넣었다. 알이 꽉 찬 도루묵이 속에서 터지지 않게 조심스레 비볐다.

오, 이제 제법 김칫거리 모양이 나네! 드디어 배추에 속을 넣을 시간이었다. 배추의 안쪽 흰 부분에는 속을 넣고 바깥 잎사귀에는 양념을 조금만 묻혀 배추를 한번 감쌌다. 하나씩 속을 채워 쌓아두면서 나만의 노래를 만들어 흥얼거렸다.

"김치, 매콤해! 누구나, 이 맛에 완전히 빠져들지!"

그런데 왠지 배추에서 물기가 가시지 않았다. 아무래도 배추들의 물기를 제대로 빼주지 못한 탓인 듯했다. 바닷물에 푹 절인 배추들은 꾹꾹 누른 뒤에 마른 행주로 한번 더 닦아줬어야 하는데… 급한 마음에 그 과정을 생략하고 성급하게 김칫소부터 넣고 말았다. 김치를 꾹 눌러보니, 줄줄 흐르는 김칫국물이 바닥을 적셨다. 이 모습을 보니 며칠 뒤 이 김치가 어떻게 될지 눈에 선했다.

배추바닷물김치! 습관처럼 한탄하고 자책하려다 말고 머릿속에서 갑자기 새로운 이름이 떠올랐다. 그래,

내가 덤벙거리는 탓에 물기 흥건한 김치가 되어버렸지
만, 이 김치는 내가 손수 담근 첫 김치이자 올겨울 내내
밥상 위에 오를 생존식량이었다.

며칠 전에 삽질로 힘겹게 파놓은 구덩이에서 항아리
가 얌전히 나를 기다리고 있었다. 구덩이라고는 했지만,
사실 항아리는 땅 위로 허리 절반을 내놓은 상태였다.
내 힘으로 그 이상 깊이 파는 건 무리였다. 배추들을 하
나씩 들어 항아리 바닥에 차곡차곡 눕혔다. 배추에서 물
이 뚝뚝 떨어진다. 나의 배추바닷물김치… 첫번째 김장
의 결과물이 항아리 속에 하나하나 쌓여갔다.

섬집 송년회

검푸른 바다. 그 위로는 마치 안개가 낀 듯 희끄무레한 회색빛의 하늘이 펼쳐져 있었다. 언뜻 저녁 무렵의 어둑한 바다 같지만, 새벽 6시의 바다는 그 아래에 무엇인가 거대한 것을 숨기고 있는 듯 능청스러워 보이기도 한다. 해수면과 하늘의 경계에서 크고 작은 불빛들이 하나둘 깜빡였다. 항구로 들어오는 배들이었다.

처음 새벽녘 저 불빛들을 보았을 때는 그것들이 일제히 이 섬을 향해 달려오는 자동차의 헤드라이트 같다고 생각했다. 그 모습이 꽤 인상적이어서 그 뒤로 며칠 동안은 새벽마다 섬 꼭대기에 올라 불빛들이 이 섬을 지나쳐 항구를 향해 가는 모습을 가만히 지켜보곤 했다.

새벽에 일어나서 어김없이 물질을 했다. 12월의 바다는 대체로 파도가 높고 바람이 거세지만, 잔잔한 날은 잠깐이라도 들어가서 식량을 구해와야 한다. 물이 몹시 찰 줄 알았는데, 막상 발을 담그니 웬걸, 미지근한 물이 포근하게 나를 감싸주었다. 잘피 숲은 12월의 바닷속이라는 게 믿기지 않을 만큼 여전히 나긋한 몸집으로 푸른색 가지들을 흔들어댔다. 성게들이 바위 바닥 위를 굴러 다니며 나를 피해 달아났다. 그 녀석들을 뒤쫓아 어망에 담았다.

물속이 따뜻해 평소보다 좀 더 오래 머물렀더니, 막상 물 밖으로 나오자 자꾸 재채기가 나왔다. 방금 수확한 것들을 모래밭에 풀어놓고 품평하며 혹여라도 자잘한 게 딸려왔으면 물속으로 던져줘야 하는데, 그 순서를 건너뛴 채 곧장 섬집으로 달려 들어왔다.

난로 앞으로 다가가자 푸근한 열기가 몸을 감쌌다. 커피 물을 올리고는 다시 난로 쪽으로 바싹 당겨 앉았다.

"와, 현주 언니가 오는 날만 아니었으면 이렇게 물질 안 했을 텐데… 겨울 바다는 이제 안 되겠다."

현주 언니와 함께하는 섬집 송년회 날. 오랫동안 마음

먹어온 일이었다. 며칠 전 김장을 마치고 나니 누군가
와 함께 따뜻한 밥을 먹고 싶다는 바람이 더 커졌다. 쇠
뿔도 단김에 뺀다고 곧장 메모를 적어 선착장에 띄워놓
았다.

"언니, 우리 섬집에 놀러오지 않을래요?"

그다음 날 새벽 영일호에서 불빛이 팅! 팅! 두번 튕겼
다. '오케이'라는 뜻이다. 신호를 본 뒤로 며칠간은 꽤나
분주했다. 먼저 한 일은 이불 빨래. 어린 시절에 친구가
집에서 자고 가기로 하면 엄마는 장롱에 있던 이불을
한아름 안고는 세탁기로 향했다.

"그걸 다 뭐 하려고, 엄마?"

엄마는 세탁기에 이불을 꾹꾹 구겨 넣으며 이렇게 말
하곤 했다.

"그 친구가 우리 집에서 자고 간 뒤로 지안이 너를 떠
올릴 때마다 이 향기가 같이 떠오르면 좋잖아?"

그 대화를 떠올리는 와중, 왠지 그 이불 속에서 풍기
던 기분 좋은 섬유유연제 냄새가 코끝에 스미는 듯했다.

그때에 비하면 섬집의 이불 빨래는 단출하다. 빨래라고 하기도 좀 뭣한 게, 겉싸개 몇벌을 발로 밟아 때를 빼고 비누칠을 해서 비벼대고 다시 헹군 것뿐이어서다. 섬집 앞에 건조대랍시고 양쪽 끝을 팽팽하게 연결한 끈에 널어놓았다. 갈매기들도 평소와 다른 분위기를 감지했는지 이불 쪽을 피해 다른 곳 위에서만 맴돌았다. 비누 향이 창을 타고 집 안으로 슬며시 스며들었다.

집 안을 채우는 향기를 느끼며 본격적으로 음식 준비에 들어갔다. 일단은 며칠간 말려둔 생선들을 꺼내 식탁 위에 하나씩 올려놓았다. 대구는 제법 쫀득한 느낌이 들 정도로 잘 말랐다. 생선살이 워낙 물러 햇볕에 오래 두면 상할 것 같아 밤에만 살짝 널고, 아침이면 얼른 들여오곤 했다. 대구 곁에서 함께 밤바람을 맞은 오징어도 콕 눌러보았다. 낮밤으로 햇볕과 바람을 고루 맞은 미역과 섭은 바싹 마른 채 자리를 지키고 있었다. 미역은 워낙 바짝 말려서 손대면 톡 부서지지나 않을까 조심히 들었다. 미역 끄트머리를 씹으니 짭조름하니 고소했다.

미역 향이 남은 손가락을 쪽쪽 빨며, 펜을 찾아 만찬의 메뉴를 적어 주방 벽에 붙여놓았다.

전채: 섭 미역국

주 요리: 대구 수육

식사: 전복 오징어 빠에야

말린 섭과 미역을 참기름에 버무리고 볶다가 마늘과 함께 끓이면, 꽤 깊은 맛이 나는 말끔한 미역국이 만들어진다. 몇번은 조금 비린 맛이 나기에 이런저런 시도를 해보았는데, 결국 비결은 오래 끓이는 것이었다. 약불로 여유 있게 끓이자 바다의 향이 슴슴하게 담긴 국이 완성되었다.

언니에게는 대구 수육에 곁들일 고추냉이를 챙겨달라고 했다. 말린 대구에는 별다른 양념을 하지 않은 채 찜기에 올려 폭 익힌 뒤 파와 고추가 가득 담긴 간장 양념장만 따로 둘 생각이었다. 거기에 맵고 깔끔한 고추냉이를 올려 먹으면 근사한 요리가 될 것 같았다.

대구 수육을 가운데 두고 우리가 각자 먹을 밥은 빠에야였다. 빠에야는 스페인 요리로, 생쌀을 넣고 볶은 재료와 육수를 넣어 뭉근하게 끓이는 음식이다. 얼마 전 해변으로 떠밀려 왔다가 나갈 길을 찾지 못했던 오징어들 중 한마리만 건져내 말려두었다. 그걸 조금 썰어 넣고 새벽에 딴 전복도 같이 썰어 넣어서 쌀이랑 같이 끓여내면 이 또한 감칠맛 나는 식사 메뉴가 되겠다 싶었다. 얼마 전 해놓은 김장김치도 빼놓을 수 없고… 이로써 식사 준비는 끝!

"똑똑똑, 계세요?"

불 앞에서 여러 요리를 한꺼번에 하는 와중에 문을 두드리는 소리와 함께 현주 언니가 들어왔다.

"언니!"

마른 수건으로 손을 닦을 새도 없이 언니에게 뛰어가 와락 안겼다. 언니의 머릿결에서 상쾌한 샴푸 향이 났다.

포옹을 풀고 언니의 차림새를 찬찬히 살펴보니 이건

평소에 보던 작업복이 아니었다. 카키색 가슴장화를 신고 머리를 질끈 묶은 채 고무장갑을 낀 선장님은 어디가고, 투피스 바지 정장에 단정한 코트까지 걸쳐 입은 언니를 보니 나도 모르게 웃음이 터져 나왔다.

"언니, 이렇게 입고 배 몰고 온 거예요? 머리 풀고 핀까지?"

"나오는데 사람들도 웃더라. 그래도… 만찬에 초대받았는데 신경 써야지."

조금은 민망한 듯 언니의 뺨이 발그레해졌다. 나는 활짝 웃으며 엄지손가락을 들어올렸다.

"너무 예뻐요, 언니."

요리는 이미 거의 다 되어서 그릇에 옮겨 담으면 되는 상태였다. 부산스럽게 집 안 구석구석을 구경하는 언니를 뒤로하고 음식을 하나씩 내기 시작했다.

"언니, 우선 미역국 좀 먹어봐요. 몸을 녹일 겸해서요."

김이 모락모락 나는 국그릇을 들고 뒤돌았는데, 그새 언니가 챙겨 온 촛대와 초, 와인을 꺼내 식탁 위에 올려놓고 있었다. 촛대 위에 초를 꽂아 불을 붙이고 와인까지 따르니 분위기가 꽤 근사해졌다. 와인잔이 없어 물컵에 따라 마시기는 했지만.

언니와 동시에 한수저를 뜬 섭 미역국은 기대 이상으로 개운하고 감칠맛이 있었다. 둘 다 만족스러워하고 있는데, 곤로 위 찜기 뚜껑이 들쓴이더니 김이 크게 한번 났다. 부랴부랴 불을 끄고 대구 수육을 큰 접시에 옮겨 담았다. 언니가 가져온 고추냉이도 간장 종지에 먹을 만큼 덜었다.

"자, 오늘의 요리 나갑니다!"

가운데에 수육을 올려두니 송년회다운 한상이 푸짐하게 차려진 느낌이었다. 한동안 감탄사와 음식을 씹는 소리만이 섭집을 가득 채웠다.

"지안아, 어떻게 이렇게 반년 사이에 실력이 좋아진 거야? 솜씨가 보통이 아닌데…"

언니의 말에 흐뭇한 미소를 짓던 찰나, 뭔가 놓친 게 있다는 생각이 문득 들었다.

“언니, 잠시만 기다려주세요.”

나는 옷장의 문을 열고 송년회 때 입으려고 아껴두었던 카디건을 꺼냈다. 앞치마를 벗어 옆에 두고는 셔츠 위에 걸쳤다. 섬집에 살면서 가장 멋을 부린 날이었다.

“저도 언니처럼 이런 만찬에 대충 입고 갈 순 없을 것 같아서요.”

언니가 슬며시 미소를 띠었다.

“맞아. 격식이라는 게 허례허식 같다고 생각할 때도 있었는데, 이제는 내 품격을 높이기 위해서라도 나를 꾸미는 건 필요하다는 생각이 들어. 가끔 주눅이 들고 자신감이 떨어질 때는 오히려 이렇게 입으면 당당해지더라고. 물론 자긍심이 몸에 밴 사람은 옷을 뭘 입든 상관없이 그 기운이 뿜어져 나오지만…”

“자긍심이라는 말, 오랜만에 들어보네요!”

“그렇지? 요즘 들어 불쑥 그 말이 떠오르더라. 내가 영일호 선장이 된 지 5년 차가 넘어가거든. 이제는 누가 뭐라 해도 별로 주눅이 들지 않아.”

"언니, 대단하다! 5년 차 선장이라니. 그런데 자긍심이란 건 자신감이랑 뭔가 느낌이 달라요."

"자신감은 언제 어디서나 품을 수 있는 마음 아닐까? 지안이 네가 몇달 전에 '저 섬에서 살 자신 있어요!' 할 때 그 마음이 자신감이지, 안 그래?"

키득대며 웃는 현주 언니를 보니 내가 그 말을 꺼냈을 때의 모습이 떠올라 얼굴이 화끈 달아올랐다.

"에이, 창피하게 그때 이야긴 왜 꺼내요."

"자긍심은 달라. 뭐랄까. 어떤 일을 차근차근 순서대로 다 끝내고 난 뒤에 '이 일을 내 손으로 이뤄냈구나' 하는 감격스러운 마음이랄까."

내 손으로 이 일을 이뤄냈구나. 자긍심이라는 말을 오랜만에 들은 것처럼 내가 내 손으로 무엇인가를 해냈다는 사실도 불쑥 마음에 새겨졌다. 어쩌면 나는 섬에 들어온 후부터 천천히 자긍심을 쌓아가고 있던 게 아닐까. 현주 언니가 슬며시 힌트를 던져준 듯했다.

"올 한해 고생 많았어. 앞으로도 힘든 일이 종종 있을

거야. 그때마다 당당히 헤쳐나가보자. 지안이는 잘해낼
거라고 믿어.”

지난 몇개월 동안의 이야기를 풀어내느라 송년회가
계속 이어졌다. 언니는 내가 여기서 지내온 이야기를 들
으며 어떤 때에는 감탄하다가 안타까워하고, 또 어떤 때
에는 타박하다가 놀려댔다. 언니의 질문에 답하다 보니
지난 반년간의 생활이 파노라마처럼 스쳐 지나갔는데,
술자리를 정리하면서 언니가 불쑥 던진 이 말에는 아직
답을 하지 못했다. 나도 뭐라고 답할지 곰곰이 생각해보
고 있다.

“그런데, 지안이 넌 언제까지 여기서 혼자 지낼 거야?”

에필로그

엄마,

지금은 새벽이야. 책상 앞에 앉아 불을 켜고 편지를 쓰고 있어. 사방이 고요해서 집이 온통 내 연필 소리로만 채워지네.

나는 지금 송도라는 섬에서 지내. 이름처럼 소나무가 많은 섬이야. 벌써 반년이 지났네. 올해 5월에 집에서 나와서 여기로 왔으니까. 그동안 집에는 별일 없었지? 아빠랑 언니도 너무 보고 싶다. 다들 내가 소식이 없어서 전전긍긍하고 있었던 건 아닌지… 너무 잘 지내고 있다고 하면 조금 웃기겠다. 혼자 살겠다고 메시지 달랑 하나 남겨둬서 미안해. 그리고 고마워, 나를 믿어줘서.

애가 대체 어떻게 먹고사는지 궁금하지? 아마도 많이

놀랄 것 같아. 여기 송도는 무인도야. 말 그대로 사람이 살지 않는 섬. 여기서 나 혼자 지낸다는 게 믿기지 않을 것 같고, 걱정도 많이 될 것 같아서 오히려 더 말을 못 했어. 근데 나 정말 잘 지내고 있어. 이제 어느 정도 이곳 생활에 적응한 것도 같고.

이 섬에는 온통 먹을거리야. 밥을 해 먹을 수 있는 재료들이 널려 있어. 물에 들어가서 성게랑 전복을 따기도 하고, 섬 한귀퉁이에 텃밭을 만들어서 채소를 직접 기르기도 하고. 신기하지? 2주 전에는 김장도 혼자 했어. 참, 쌀은 여기 항구에 아는 언니가 갖다주는데 이 항구의 유일한 여자 선장이야. 정말 멋있지? 현주 언니한테 도움을 많이 받고 있어.

매일 밥을 해 먹을 때마다 엄마를 생각해. 아마도 엄마의 음식 솜씨를 물려받은 게 아닌가 싶은데, 일단은 요리가 어렵지 않고 재미있어. 이제 가족들한테 밥을 해줄 수 있는 정도라니까. 물론 맛이 그때그때 달라지긴 하는데, 그래도 요리가 적성에 맞는 것 같아. 할 때마다 즐겁거든. 결국 그날의 접시 우에는 내가 애를 쓴 만큼의 결과물이 올라가잖아. 그게 너무 뿌듯하고 보람차더라.

이제 와 고백하는데, 지난 몇 년간 회사 생활은 그렇지 못했던 것 같아. 아무리 애를 쓰고 발버둥을 쳐도 바뀌지 않는 무엇인가가 나를 꽉 쥐어짜는 느낌이었어. 분명 처음 입사했을 때는 뭐든지 다 할 수 있을 거라고 생각했는데… 돌아보니 낙담하고 바닥에 주저앉은 내가 보였어. 엄마나 언니, 아빠한테 마음속 고민을 털어놓고 상의했더라면 좋았을 텐데, 그것도 쉽지 않더라. 도저히 입이 안 떨어졌어. 내 인생에서 가장 실패했다고 생각했던 시절이니까.

그때 무작정 차를 몰고 이곳 도문항으로 왔어. 지금 생각하면 나도 왜 그랬는지 모르겠어. 아무 인연도 없는 이곳에 세 시간을 넘게 운전해서 오다니. 그저 아, 내 인생 실패한 것 같은데 어쩌지 하면서 조금은 자포자기하는 심정이었던 것 같아. 그때 당시에는 바다를 보고 싶었는데, 해안가의 잔잔한 파도가 아니라 항구의 약간은 거친 듯한 그 물결, 그게 간절하게 보고 싶었어. 그런데 희한한 일이지. 동쪽 끝에 도착해서 바다를 바라보는데 마음이 조금씩 편안해지더라고. 그날 아침에 항구의 아주머니들, 지금은 여사님이라고 부르는 분들이 국을 끓여서 한그릇 줬는데 그 맛이 정말 좋았어. 그때 처음, 살면서 한번쯤은 이런 곳에서 지내도 좋겠다는 생각을 한 것 같아.

그날 항구에서 만난 현주 언니가 한달 정도 방을 빌려줬어. 매일 언니의 배를 타고 바다에 나가 뱃일을 도왔고, 파도를 배웠어. 바닷속에 들어가는 물질도 처음 해봤고 거기서 전복이랑 성게, 미역 캐는 방법도 배웠어. 그때 이 섬이 눈에 들어왔는데, 항구에서 뱃일을 하는 것도 해볼 만했지만, 나 혼자 아무도 없는 곳에서 살아보는 것도 좋겠다는 생각이 언뜻 스쳤어.

섬에 들어온 뒤로는 매일같이 바쁘게 지내고 있어. 내 일과는, 아침이면 바닷속에 들어가 전복을 따고 그걸 저녁에 볶아 먹고, 오후에는 물고기를 낚아 그걸 구워 먹는 식이야. 내 손으로 먹을 물을 구하고 텃밭을 일구면서, 소나무 숲을 가지치기해 올겨울 장작에 보탤 나무를 준비하면서. 그렇게 지내. 틈틈이 섬 곳곳을 걷고 아무 데나 앉아 명상을 하기도 하고.

이렇게 내 생활을 들으니 어때 보여? 걱정될 수도 있겠다. 보통의 사람들, 내 나이 또래의 친구들과는 완전히 다른 삶이니까. 그래도 언젠가는 돌아갈 테니 너무 걱정하지 마. 이 섬에서 평생 지낼 생각은 없으니까.

다만 어느샌가 몸과 마음이 조금씩 단단해진 것 같아서 그게 신기해. 그래서 조금 더 이곳에서 지내면서 나를 튼튼히 가꿔보고 싶어. 지금도 매일매일 즐겁고 신기하고, 자신감이 솟는 것 같거든. 어쩌면 내년 이맘때가 되면 웬만한 것에는 흔들리지 않는 어른이 되어 있지 않을까 괜히 기대도 해보게 되네.

어제는 현주 언니랑 둘이서 송년회를 열었어. 내가 준비한 섬 미역국, 대구 수육, 해산물 빠에야 모두 맛있었어. 친구들과, 가족들과 맛있는 저녁을 먹으면서 함께했던 연말처럼 시끌벅적하지는 않았지만, 우리끼리 고요하고 풍족한 겨울밤을 보냈어. 참, 엄마가 그랬듯이 나도 손님을 맞기 전에 이불 빨래부터 했어. 잘했지?

이렇게 손님을 치르면서, 어쩌면 내가 지금 누리는 감정이 자긍심이 아닐까 생각했어. 나도 모르는 사이에 나다운 것이 어떤 건지 조금은 알게 됐고, 스스로를 많이 아낄 수 있게 된 것 같아 뿌듯하기도 해.

옆에서 자고 있는 현주 언니가 곧 일어날 시간이야. 항구 사람들은 새벽 일찍부터 일어나거든. 언니를 배웅하면서 이 편지를 부쳐달라고 부탁하려고! 혹시 소식 전할 게 있으면 또 편지 보내줘.

부디 가족들 모두 감기 조심하고 건강히 지내길 빌게. 사랑해.

엄마, 안녕!

송도에서, 딸 지안 드림.

8년 전 도시를 떠나 강원도의 어느 바닷가 마을에 짐을 풀었을 때, 내가 무인도를 소재로 삼아 소설을 쓸 거라고 전혀 생각지 못했다. 나는 이사한 다음 날부터 매일 바닷가에 나가 걸었다. 산책할 때마다 내가 무엇인가에 이끌려 매일같이 바다를 향하는 것이 아닐까 생각했다. 도시에서 살 때 내가 품어온 생각들, 편견들, 고집들은 점점 이 바닷가 마을의 생각들, 편견들, 고집들로 바뀌어갔다. 어떤 것은 느슨해지고 사그라들었고 또 어떤 것들은 더욱 단단해지고 여물었다.

작년 여름 여느 때처럼 바다에 뛰어들어 헤엄을 즐길 때에는 문득 이전에 비해 물이 훨씬 더 편해졌다고 느꼈다. 한참 동안 물 바깥으로 나가지 않고 발을 딛지 않은 채로 오래 바다에 머물고자 했고 그게 어렵지 않았다. 파도는 더더욱 높이 치고 물살이 거세게 나를 밀치는 와중에도 나는 물에 뜬 미역을 따라서 파도와 물살을 살짝 비껴가며 그대로 물의 안과 밖을 오갔다. 바다의 일원이 된 것만 같았다.

몇개월이 지나 겨울이 된 어느 날부터 이 소설을 쓰기 시작했다. 만약에 우리 마을 앞바다에서 얼마 떨어져 있지 않은 무인도에 누군가 발을 디딘다면 어떤 느낌일까 상상하며 썼다. 매일같이 바다 곁을 걸었기에 바다에 관해서는 할 이야기들이 닳았다. 도시를 떠난 뒤로 한동안 떠올리지 않았던 과거의 일들을 떠올리는 것은 나를 괴롭게 하기도 했다. 하지만 글로 적으며 그 괴로움의 실체를 맞닥뜨리고 보니 정녕 이 작은 일이 나를 뒤흔들었던 것인가 민망해졌다. 과연 글쓰기는 또 하나의 치유 과정이로구나 새삼스레 깨달았다.

처음 얼마간은 글을 쓰기로 마음먹은 나를 원망하며 보냈다. 하지만 막상 컴퓨터 앞에 앉아 타자를 치려 하면 마음이 차분해지면서 머릿속에서 그동안 하고 싶었던 말들이 조금씩 풀어졌다. 글을 한편씩 써내려갈수록 지안이 있는 송도의 바다 또한 마을의 앞바다와 같다는 생각이 들어서 나는 그 파도의 높낮이에 가능한 한 빨리 익숙해지고자 했다. 책 속 주인공의 마음이 이랬겠구나, 이해가 될 무렵에야 겨우 펜을 놓을 수 있었다.

나는 여전히 여행 중이고 그 앞날은 가늠할 수 없다. 이제 막 무인도에 발을 디딘, 이 책의 주인공 차지안 또한 마찬가지다. 그의 건투를 빈다. 마지막으로, 글의 중요한 대목마다 섬세하게 살펴서 책의 완성도를 높여준 토닥스토리의 편집자분들, 그중에서도 박정은 편집자님께 큰 감사를 드린다.

2025년 여름

박해수